U0926393

野心博物馆

残小雪 著

新 星 出 版 社 NEW STAR PRESS

新经典文化股份有限公司
www.readinglife.com
出　品

这是孤军奋战过的人才能看懂的秘密

因为所有的成长都是必须一个人走完的路

第一章

Chapter 01

1

连我自己都没有料到，在与何奇恋爱的一千天纪念日，我送他的礼物是分别。

“你去哪儿了，准备什么时候回来？”

“已经到北京了，不打算回去了。”

二〇〇六年初秋，我从北京站出来，关掉诺基亚手机的小屏幕，张开嘴巴吃进一口新鲜的沙尘，差点以为这里只靠喝西北风就能过日子。

主动来问我要不要去长城一日游的圆脸盘阿姨，浑身都散发着首都的热情，伸手塞给我一张还带着她手心温度的卡片，上面印着两张长城的小照片。

每天北京站吞吐着无数个这样的我，来这里寻找未来时光里源源不断的可能性，那时我并不知道此行路迢水长。火车站外面有许多写着老北京炸酱面或者稻香村点心的巨大招牌，它们在我的眼前逐渐放大，我仿佛走进了三岁时玩过的玻璃万花筒，眼前的世界都闪着光。

许多人的路就是从这里踏出第一步的，寻人广播和倒卖车票的背景音成了运动会上的发令枪声，此后有人跑得快些，有人慢些，有的最后又回到了这里，也有人从此便散落天涯。

一个星期前，我还在北方的一个小城里，以为真能像爸爸期待的那样，在他托关系让我进去的单位工会里做个文员，上班打卡，对着电脑喝喝茶发发呆，午餐前热一热不锈钢饭盒，和同事聊聊当红的家庭伦理剧，一觉醒来后等着准时下班回家，过上像路人甲一样的范本人生。

那个单位里的女同事一个个像亲生姐妹般烫着小卷发，脸上挂着因为水肿而暗沉的眼袋，甚至连懒散的吞咽茶水的声音都一样厚重迟钝。我作为一个实习生，每天首要的工作任务是给领导们打热水，擦桌子，取报纸。

妈妈千叮咛万嘱咐："要和同事们处好关系，以后可要和她们一起过几十年呢。"

我听完吓得浑身冒冷汗，这种捆绑关系比婚姻还令人乏味，让人恐惧，要朝夕相处的人，我连选择的权利都没有。

也许我身边能选择的，只有大学时代的男朋友何奇。

整件事情的起因是隔壁办公桌五十岁的同事阿姨……不，应该是大姐。我在那次短暂的实习后，学会了喊所有年长女性为姐姐，这个称呼没有年龄的上限。

大姐说："夏涵你都快二十五了，再不结婚就变成剩女了。"

“看您说的，我还没到二十二呢。”

“这不马上过生日了，过了生日加上虚岁，再谈个恋爱适应一下，到了二十五还嫁不出去呢。”

“哎哟，我谈着呢。”

“那还不结婚，别把人家小伙子给耽误了。早点生孩子，父母还可以给你们带。再往后啊，你只能找二婚的男人了。”

我紧盯着她唇边的两撇法令纹和不时露出来的带着长年累积的茶渍的牙齿，那和后面难以入耳的话叠加在一起，幻化成一只手，从背后推了我一把。

那只手推着我清空了抽屉里为数不多的杂物，似乎把它们放进去的时候就料定要走似的。

然后那只手又推着我，敲开了一扇又一扇门。

当天晚上爸爸咆哮着告诉我，那个单位成立以来几乎没有人辞过职，因为我夏涵，让老夏家成了街坊邻居争相打听的红人，我白白浪费了他给我换安稳未来的钱。这让我哑口无言，我只是辞一次职，让一块西瓜都要和我分着吃的爸爸恨上了我，爸爸的发际线什么时候后退了那么多？难道他恨我恨得都变老了，怎么忽然头发都变少了？

他一定是后悔了。小时候吃西瓜，他舀出中间最甜的几块喂我，自己吃外面的一圈，把红色的果肉用勺子刮得干干净净，最后还把剩在半个西瓜壳里的甜蜜的汁水，留给这个长大后会让自己节俭多年的储蓄落得一场空的女儿。

那天下午我兴冲冲填了辞职报告，站在领导的桌前要求立刻离职。我不是害怕要和那样的大姐共度未来的几十年，也不是怕二十五岁了还嫁不出去。我怕我马上就要走进那个模子，在一天天的荒废中把自己揉成一个面团，变成所有人都接受、所有人也都会视而不见的模样。

每天早晨的一杯茶不可怕，可怕的是能把往后一辈子的时光都给泡了。

我才刚刚从大学毕业，好不容易要过上自己领薪水，不再跟父母要生活费的日子，成了渴望周末双休不再有寒暑假的大人，怎么就要走进连结婚生孩子都得赶时间打卡的生活？

爸爸一拍桌子。"你以为你出去能干什么？翅膀硬了就不听我们的话了？"

"出去喝西北风也好，那是我自己选的。"

"桌子上的烟你给领导带去，我跟你一起去赔礼道歉，可能还有挽回的余地。"

"我才不去。"

"你别觉得自己有点小聪明就了不起了，出了家门你什么也不是。年纪轻轻的没轻没重，都让我和你妈给惯坏了。"

"别以为我一辈子都会听你们的，就让我去北京，混个什么都不是吧！"

我拎着箱子重重摔上门出去，声音大得自己都吓了一跳。后来妈妈告诉我，关门声把墙上的全家福震到地上，相框都摔碎了。

我带着比膝盖高出一个拳头的红行李箱离开了家。手里的火车票，目的地是北京。

对于北京的认知来自大学的辅导员梅梅老师，她是个临时来工作一年的姐姐，教我们广告专业课，比我年长三四岁，用现在的话说，是个北京大妞，身材纤瘦却不柔弱，远远地就能感觉到她小身板里那股勇猛劲儿。听说她在学校修楼的工地上遇到过性骚扰，直接把那人的肋骨打折了三根。我常和何奇说起对梅梅老师的羡慕，她穿牛仔裤都是最时兴的喇叭口样子，还跟我讲过她通宵举着啤酒瓶听小酒吧的摇滚演出，说北京广告公司里的人每天下了班都要去派对，和电影里一样。她的眉毛纹得细细长长，笑起来美极了。也许在相识之初，梅梅老师就在我心中埋下了关于北京的种子，她一举手一投足一颦一笑里都写着自由和自我。

何奇对我渴望的自由和自我嗤之以鼻，他觉得那是小女孩拍拍脑袋冒出来的幼稚想法，跟我平时看中买回家玩几天的玩偶一样，没过多久就丢在角落里蒙尘。他想让我做个普普通通的人就好。

可我已经做了二十一年的普通人，只能先说一声再见了。

有人说我们这一代独生子女太自私，我并不否认。为了自由，我不止做了爸爸的仇人，还白费了何奇三年的陪伴。这下刚好，我似乎也没有了更好的退路。

手里拖着的红行李箱是上大学那年妈妈买的。收到录取通知书的那天，她兴高采烈地跟四邻说："我们家夏涵就在咱们这市里上大学，公交车只坐一小时就到。"

楼上老王家的女儿调剂志愿去了遥远的石河子大学，距离和出国读书没有太多的差别，妈妈第一次觉得我让她扬眉吐气。毕竟在我并不体面的过去，王家的女儿从来都优秀得让我自惭形秽。

连高中早恋被班主任叫家长，我妈都说："瞧人家老王家，早恋的男朋友都是年级第一，你找的那个成绩不如你吧？英语才考十分，搁在国外就是个文盲啊。"

我的第一站，是电视里天天见的和北京画了等号的天安门广场。那一瞬间我仿佛置身于新闻联播现场，顿时觉得自己比什么老王家老李家的人都好。

站在厚重的被沙尘染成黄色的空气里，我的目光被身边匆匆而过的阿姨们吸引住了。她们都用彩色的纱巾把头包起来，纱巾有红有蓝，还有人用充满野性的斑马纹和豹纹款，比其他的庸脂俗粉时尚了许多。我在起风时只是用手捂住口鼻，与这些高段位的装备比起来相形见绌。

接到何奇的电话之前，我正在暗暗打算，赚到第一笔薪水后，要到西单买一款好看的纱巾，那样我就能跟上这里的人的打扮了，我想做一个"北京人"。

尽管有这个梦想的人首尾相连，可以环绕北京城无数圈。

2

领大学毕业证的那天，我们都穿着褶子里发了霉的学士服，手里卷着绑红绳的旧挂历，人人一副国家栋梁的模样拍毕业照，我知道这一天以后，自己真的要自由了。从读小学的那天就开始期待学生时代的结束，虽然本以为我会从北大或者清华的校园走出来。

我告诉何奇要去北京，他义正词严地教育我说一个人在那边没办法生活，你连东南西北都不分，只能好好在老家待着，因为出生在这个地方，就要在这儿生活一辈子。

当天晚上何奇带我去吃他们寝室的散伙饭，嬉笑怒骂的毕业生都在学校门口的小店里吃火锅喝啤酒。何奇的室友们一口一个大嫂地喊我，说："你们摆喜酒的时候，记得叫我们做伴郎。"羊肉吃了一盘又一盘，啤酒足足喝了六打。到了结账的时候，除了何奇，另外五个人都趴在桌上睡着了。他拿过我的钱包说："借我点钱去结账。"

我直接喊服务员过来埋了单，转身对何奇说："今天这顿我请了，谢谢哥几个喊的嫂子。再见吧，之前你欠我的那些钱，就这么算了吧。"

"你是因为我跟你借钱才要分手？你这是幼稚你知道么？我花的那些钱，还不是给你买东西了。"

"看看你宿舍那几个人，天天吃馒头榨菜，存钱给女朋友买新衣裳。还有你，拿你那点零花钱给我买个蛋糕，第二天就得借钱去网吧。你知道我在步行街上打扮成维尼熊，傻乎乎地发传单，为了挣这点钱流了多少汗？"

"打工挣钱怎么了，你还不是为了买那双高跟鞋，从宿舍穿着走到食堂就把脚崴了。你就是爱慕虚荣，不就是喜欢北京大吗？北京国际化，北京时尚，看不起我们这小地方了？！"

"滚。虚荣总比你在这儿装样子强！"

听说那天我离开后，别人的酒也醒了，天快亮的时候，他们扛走了又灌下一瓶二锅头的何奇。他扶着刚才撒过尿的墙角，把吃的拍黄瓜和羊肉片都吐了出来，还跑调地模仿着张震岳唱《爱我别走》。他唱歌时喜欢故作深情地紧闭着眼皱着眉。

住在他对面的小胖子，以前偷吃过不少我拿给何奇的牛肉干，第二天给我发短信说："有个事不知道该不该说，何奇本来还想跟你求婚来着，在寝室里准备了半天，把他存了好几年的钱都花了，买了个戒指，钻石虽然是小了点……让我们故意喝醉等着给你惊喜，没承想你要分手，倒给了他惊吓。"

"……吓不死人的。"

"难道你一点都不感动？"

"感动是一回事，接不接受是另一回事吧。"

这时我正沐浴在首都的秋日尘埃当中，何奇继续在电话那一头说："我不放心你自己在北京，买了明天的火车票。"我知道他到底是没他惺惺作态的那么潇洒，因为我也是。离开家上火车前，我从小卖部买了一瓶矿泉水，坐在火车上，想哭就喝一口，才开车十分钟，瓶子就见底了。

我本以为这是个好的开始，会成为小两口共闯北京打造美好未来的佳话，哪怕一起吃焦圈，皱着眉尝豆汁，日子都是甜美的。

我们的小家是在东五环的位置租的隔断间，八百块一个月。户型是个三居，客厅餐厅都给打成隔断，我们住的那房间原本是带有朝北的窗户的客厅，有一张双人床、一个破了洞的简易衣柜和折叠桌，每次走进去都萦绕着一股子寒酸气。

但跟着中介看了五六处房子之后，我口袋里的钱只能负担得起这里的房租。这个隔断至少还有个窗户。没料到从小有宽敞卧室的我，有一天会把生活的要求放在如此之低的水平线上。

我得在这里看见外面的希望，闻到自由的空气，尽管五环外的味道，怎么闻都是四处漫溢的不甘心。

其实在那之前，我曾想过要找三环的高层、四环的板楼，或者五环的小公寓。来自东北的中介大姐用X光一般的眼神从上到下打量我们。“你们这样的小情侣我见多了，兜里没多少钱还充大个儿，北京就这样，预算一千靠里，现在这个还算不错了。往三环里去，那得是上下铺的破单间。还挑三拣四的，这房子你们觉得不好，还有八家等着来看！”

何奇说：“还是您有经验，大姐您住哪儿？”

“我住石景山的村子里。两百五一个月。你们感兴趣？”

“大姐真会开玩笑，我们再想想。”何奇转头又低声跟我说：“大姐来这边上班起码得两个小时……忍忍吧，这儿就算是八百块，也是个破房子，跟家里的两室一厅能比嘛。”

搬进去的那天晚上，我把在手里捏了两天、都破了角的地图贴在墙上。“迟早有一天，我要住在三环的两室一厅里，你瞧这外面黑灯瞎火的，三环里面才算是大都市。”

“你知道出门去地铁站，往东还是往西？”何奇把忽明忽暗的灯泡拧紧，一副男主人的派头，但灯泡还是因为接触不良嗞嗞作响。

“不知道，还没看呢。”

“那就别白日做梦了，玩够了就回家。”

五环到三环明明只有两圈的距离，但此后等我真的走过去才明白，其中的纵横沟壑要剥掉我的几层皮。

我知道自己是幸运的，没走上何奇一直引着我过去的退路。就算我分不清东南西北，北京对于外地人也是宽容的，每个十字路口都有清清爽爽的蓝色指示牌。

3

准备去招聘会之前，我去传媒大学外面的小打印店打简历，老板娘正在摆弄自己新做的卷发。“小姑娘毕业了，要找工作哦？”

“嗯。”

“简历体面一点的才好，那种好一些的纸五毛钱一张，多少人从我这儿拿着简历去五百强找到工作了，数都数不过来。我自己毕业那会儿的简历就很体面，虽然没找到工作，但是我爷爷给了这间小屋做生意。”

“我不去五百强，就想去个广告公司，最便宜的简历多少钱？”

“那个一毛，你自己坐电脑前快点打好，别耽误后面人时间。”

人才市场里热闹得和清早的菜市场一样，我觉得自己就是最廉价的那棵白菜。

工作经验，空白。

曾获奖项，空白。

个人特长，空白。

我捏着简历，收到何奇发来的短信，“亲爱的要加油。”我好奇他的不慌不忙和坦然自若是哪里来的，至少以我对他的了解，他的简历也不会比我的好看到哪里去。

也许他知道，身后有个随时可以退回去的两室一厅。而我把自己软塌塌的身体从蜗牛壳子里剥出来了，为了往前跑得快一点，再快一点。

我骨子里是个喜欢自由的人，这种根深蒂固的执念从小就能看出来。听妈妈讲，我在幼儿园的时候，老师临时有事离开教室一会儿，把门锁住让我们留在那儿。半小时后老师回来的时候，我却没在座位上，其他小朋友也没有注意到小夏涵扯开门闩去了哪里。用了一整个下午，老师们在幼儿园的小树林背面找到了乐呵呵坐着，又安静又自在的我。但在发现我小小的背影之前，新来的老师险些以为这份刚到手的工作要因为我毁于一旦。

为了自由，我得带着空白的简历放手一搏。排队交简历时，前面的男生戴粗框眼镜，白衬衫和黑裤子像极了过去的知识分子。他自我介绍时大声说："我毕业于北京大学中文系，在我们学校是学生会主席。"

从小到大，我都以为清华北大的人跟我们长得不一样，一定是一种脑门闪着金光的智慧生物，没想到他们也是一个鼻子两只眼，也会捧着写满荣誉的简历一起挤在这里排队找工作。

我想转身走了，以前读书时的惯例不都是如此，任何需要竞争的好机会，都会留给这些品学兼优不早恋不作弊不说脏话吃饭不剩大米的好学生。我从来没当过那样的人，普通得连三好学生的榜单都没有上过，成绩既不是前十名也不是后十名，小学入学后，我的名字是班主任最后一个才记住的。

我心里有个声音说："夏涵，这事跟你没关系了，你怎么比得上北大中文系的学生？"我转过身，跟自己说还是走吧。

但身子不甘心地僵硬着，它舍不得走，用缓慢的姿态苦苦哀求着我。

最后我站住了脚，像是倒带一样把身体扳正。刚才那一瞬间，我用余光瞟见了自己已经封闭的退路。我得去那家广告公司，就算履历空白，那至少是对口的专业。对口才是入口，是我走向下一个目的地的大门。

此刻的我，指望不上什么三顾茅庐的猎头，也不想一辈子住在五环边上的隔断房。今天早晨出门前排队上厕所的场景，让我每每回忆起来就小腹疼痛。三三两两披头散发的男女穿着各色睡衣，没精打采地排在唯一的洗手间门口，一打哈欠，整个过道里都是压缩了一晚上的口气的味道。

于是我又恭恭敬敬地把自己那一页廉价的简历交了上去，和HR刚放下的北大学子一本精致的小册子比起来，就像考试时的一道附加题，我只写了个"解"字，而人家洋洋洒洒写了六种计算方法。

HR的脸冷得像个机器人。"你专业对口没用的，我们这里，传媒大学的研究生，北大的，还有不少美国学新闻的，见得多了，你的履历哪儿比别人好？"

她说话的时候，我在心里给自己打了个分，没考研究生减十分，小地方的学校减十分，没出国留学减十分，工作经验空白减十分。

这个算式怎么组合，等号右边出现的字眼可能都是“滚蛋”。

“我觉得哪儿也不如别人，对不起。”我匆忙说完，要从HR手里抽回简历，因为着急一下子撕成了两半。我低着头说抱歉，脑海中已经浮现出下个月交不出房租被中介大姐赶出门的样子。何奇一定会顺势给我浇上一盆冷水，还是冰镇的。

随后我站在另一家叫莫玛的广告公司的招聘摊位外面，盯着一个又一个带着耀眼履历的人来坐下，和HR谈几句，再离开，麻木的脸上看不出悲喜。

人都走完了，桌子对面一个含义颇为复杂的眼神落到我身上。她老早就发觉我在一边围观，尽管我已经努力装出一副不经意的姿态。那眼神在我身上放大，散开，一个细节一个细节地捕捉到：我是头一回来这种地方的人。

任何地方的新手都容易被人一眼发现。

这位眼神意味深长的姐姐胸前挂着工牌，上面用小小的字印着她的名字“顾若熙”。她看了一眼我用两张纸片拼起来的空荡荡的简历，问：

“你怎么拿破简历来求职？”

“刚才……在别的地方不小心撕坏了。”

“哦？是不是觉得不自信，又紧张，慌里慌张地把简历往回拿，觉得自己比不过别人？”

我点点头。她继续说：“你知道吗，做我们这行的，自己拿出手的东西，你就得相信它是最好的，哪怕是白卷。”

“可现在我自己就是张白卷。”

“你是打算来跟我说这个的？”

“白卷……能不能在您这里，有个机会填上正确答案？”

她给了我这个机会，我猜她也明白，想在这个城市填满空白的人太多了，想把自己的过往清空的人也是。

莫玛广告公司在国贸的建外SOHO，方方正正的写字楼，像是盖在CBD地区的一摞摞白盒子。一楼的门头零零星星有几家咖啡店在装修，迫不及待地等着给人们输送清晨的活力。那群人里有海归，有老外，也有想要伪装成海归的小镇青年，寒窗苦读的外语让人听不出一丁点瑕疵。

从我身边走过的女白领们穿好看的职业装，表情疏离，气场凌厉，涂着颜色张扬的口红，擦身而过时留下一股灿烂的香水味。我看看自己蒙了一层尘土的帆布鞋，离做个北京女白领，大概还有不少路要走。

在会议室坐定后，顾若熙问我：“为什么要来北京呢？”

“觉得在家里没意思。”

“自己一个人来的？”

“算是吧，还有个男朋友。”

“以前有实习经验吗？”

“在老家一家国企实习了一个月，给人泡茶擦桌子。觉得没用，没往简历里写。”

“多好的工作，为什么不干了？”

“我不想过那种每一天都在复制前一天的日子，旁边坐的大姐就是我三十年以后的形象，除了脸上见老了，生活节奏和现在没两样。最可怕的是，我爸妈居然还觉得那样过日子是对的。我只能自己出来看看。”

“你喜欢在广告公司上班？”

“不知道……以前没在广告公司工作过。”

“我可是真不喜欢，可能你以后也不会喜欢，就像你现在要来北京，以后也会想走一样。”

“我不走。我不像别人一样留着退路，除了在这儿往前走，什么地方也去不了。我也不是任性地来玩一玩，就是想在唯一能走的这条路上试试看。您说我作茧自缚也好，我得知道最后我能变成什么样，能飞多高，有生之年能到什么地方去。一辈子没试试这么活着，我大概会后悔死吧。”

顾若熙脸上一瞬间现出茫然的神情，又夹杂着几丝嘲讽，我想她大概还没有碰到过这么直白的面试者。但后来她还是给我发了录用通知：创意部的文案实习生，试用期半年，月薪两千元。

我跟何奇在肯德基吃汉堡和炸鸡翅庆祝，花光了口袋里最后一张百元钞票。我没去买包住脸的纱巾，因为特意观察过，国贸的女白领不戴那个。北京的每个区域都有每个区域的规矩，国贸的规矩就是要快，房子盖得要快，车子开得要快，人活得也要快。要不止步地完成任务，要不眨眼的果断，也要无所顾忌的勇敢，那都是我未来一步一步要踩过的泥泞。

我以为何奇会和我一样，开心得想脱了鞋站到桌子上跳舞。可我从他眉间皱起的川字纹里读出一股浓重的失落，那时我并不明白那失落里到底有什么。

我知道从那天开始，我们和以前不一样了，他已经不再是那个因为我终于考过了英语四级抱着我转圈的男同学。我们虽然从毕业散伙饭上短暂的分离，变成了穿着情侣拖鞋住在一块儿相依为命的伴侣，但我和他分裂成了两个岛屿。我一只脚站在这边，另一只脚站在那一边，在荡漾的涟漪里，两条腿逐渐从锐角变成了水平线。

晚上我兴奋得睡不着，睁开眼从窗帘缝里看见了星星，那么好看的星星，此后我在北京的许多年里都没有再见到过。

4

我努力学着如何做个“新北京女孩儿”，步履蹒跚像学走路的幼童，哪知道还没有走稳，就得参加赛跑。

地铁一号线的早高峰是上班族每日修行的训练场。我身边的人都身怀绝技。作为初级选手的我刚刚练到第一层，站在车厢边缘，在地铁门合上前深吸一口气运至丹田，让门严丝合缝地擦着后背合拢，幻想自己的身体轻薄如纸，然后始终憋着这口气，到下一站再深深地呼出。

而在车厢深处，站着一些深藏不露的高手。一种人把报纸举过头顶，在规律的晃动中仍能一目十行地捕捉当日新闻的关键字，好在和同事吃午饭的时候指点一番江山。还有一种人用塑料袋装着一个热乎的韭菜盒子，刚在车厢里站稳就一口气吞下。当人们四处寻找毁灭性味道的源头时，只剩一个油腻腻的塑料袋被攥在手心里。

到莫玛广告办理入职手续的间隔，我感觉整个上班路途就耗尽了一整天的力气。当一个手机摔到肩膀上时，我的锁骨像是触电般狠狠地疼了一下。扔手机的女孩吃了一惊，随后噘着嘴巴撒着娇跟我说抱歉，那柔软的声音让任何人都生不起气来。没过一会儿，她就坐在了我身边空着的工位上。这个叫许微微的女孩递过来一包奥利奥饼干，说："真对不起，刚才和男朋友吵架呢。"

许微微在签劳动合同时大声问："咱们公司婚假产假怎么休？二婚也是七天吗？"HR小声嘀咕了几句，她又说："没结婚还不让问了，我准备在咱们公司贡献到退休的。"

我茫然地开着电脑不知所措。身边全是此起彼伏的键盘敲打声，大家都在用这样的方式显示自己有多卖力。我忽然觉得自己像只无法开屏的孔雀一样渴望被认可，用全部的注意力观察着同事们的穿着、化妆和谈吐，甚至是去洗手间的次数和脚步，以及进电梯的瞬间应该把笑容保持在怎样的程度才不显得尴尬。

我入职后第一次走进顾若熙的办公室，从二十一楼的窗户俯瞰的CBD像是加了黄色的滤镜，远处的房屋和街道如同正在生长的自带棱角的蘑菇。从另外一边的玻璃墙能看见员工的办公区，谁偷懒补妆或者打个哈欠都逃不过这个绝佳的角度，我看到许微微总是环顾四周，然后悄悄发短信。

顾若熙黑色办公桌上的东西沿着水平线一丝不苟地排列，她大概喜欢让全世界都井然有序。

她每天都用一种味道的香水，不久后我在一本杂志的赠品包里闻到了相同的味道——香奈儿五号，是我那时难以免俗要追逐的标签。

我和许微微坐在顾若熙办公桌对面的橙色皮沙发上，比赛从这里就开始了。

顾若熙说："咱们创意部正式的文案岗位只有一个，试用期之后你们俩有一个人要走。行吧，在这儿你们先学学什么是竞争。出了公司，优胜劣汰可比这难得多。"

我观察着许微微的表情，她满不在乎地盯着沙发角落有些突兀的抱枕说："若熙姐，那个熊真可爱，在哪里买的？"

上班的第一个月每天都在加班，唯一让我欣慰的是能错过晚高峰，不至于再经历一次在地铁门口做深呼吸的锻炼。我们正忙着给一个有花园洋房的地产项目起名字。加班到深夜，许微微常喊我一起去楼下的便利店买夜宵吃。

凌晨两点的秋天，便利店的白炽灯都温柔可人起来。许微微边吃面包边说："夏涵，你很想留下来吧？这两天方案名称你写了一百多个，还看得懂《诗经》。"

"新人嘛，总得多做一些。"其实我想说的是，如果我也有个可以让我胆大妄为的男朋友，也许会和她一样，在摸键盘前先不紧不慢地涂会儿护手霜。

整个公司都知道，许微微在谈一场令人羡慕的恋爱。我没见过那个叫张千瞳的人，但他的优点在每个爱八卦的女同事的嘴边挂着。据说他不仅生活有品位，工作能力没得说，还每天为许微微准备爱心早餐。

我很少和她们聊起何奇，我们已经到了平淡得无从谈起的地步。或许他并没有哪一点值得成为在大家面前的谈资。

“真要是那么累，大不了到时候我辞职好了。”许微微撇撇嘴，把手里的包装袋塞进了垃圾桶。

5

左手爱情，右手友情，空中抛着事业与梦，我像个见习小丑似的，慌乱地把这些球轮番扔向空中，再接回手里。

何奇找了份设计助理的工作，每天准时上下班，领和我差不多的薪水。工作日的早餐是我们唯一能面对面说几句话的时间，他满腹牢骚地说：“为什么你每天都要加班，什么单位的实习生是这个样子？”

我只是说了一句：“为了能在这儿留下。”

我不想和他解释那些我自己也弄不清楚的忙碌，只渴望他零星的一两句鼓励。哪怕在我筋疲力尽想不出新的宣传语的时候，拍拍我的肩膀说我可以，也是好的，但是我失望了。

为了上班路上能留下力气在地铁上打个盹，我选择更早一点出门。在薄雾淡去时走进公司，每次都能看到顾若熙屏气凝神，像雕像般一语不发地坐在电脑前，回复着前一晚客户发来的邮件。她的脸在屏幕前微微泛白，脸上读不出任何心情。给我布置工作任务，一口气安排二十条，可以准确地按照事情的紧急程度来排列。她的高跟鞋踩在大理石地上的响声不急不缓，听着很是悦耳。

一次熬了通宵才交给客户的报纸广告，还有两个小时要印刷，客户部的人来说要换内容。重新排版是来不及的，我带着天塌了的表情把事情汇报给顾若熙，她只是回身打了个电话，用两个字就解决了这个问题。

那万能的两个字，我用了许多年才学着说出口，就是“不行”。

那一天开始，我心中好像隐隐地有了个模子，外壳是顾若熙的模样。我偶尔会嘲笑自己的肤浅，我不做五岁时想成为的科学家，不做十岁时想当的老师，也没成为十五岁时想当的艺术家，反而想当一个仅仅比普通人特别一点的顾若熙。

刚刚二十出头的我并不知道，顾若熙吸引我的镇定自若是燃尽多少热量才修炼成的。

周末，许微微约我去动物园批发市场逛逛，那是个开满“黑蘑菇”的地方，新来此地的经济上捉襟见肘的女孩儿，都要来寻些体面的装备。批发商蹬着三轮车，匆匆忙忙运输着黑色的大塑料袋，吆三喝五地在人群中穿梭。

许微微驾轻就熟地拉我到零售市场去，地上的衣裳堆成彩色小山，大家水泄不通地围在四周，从里面扯一件放在身上比画一下，又扔回去。

她一把抓起一条红蓝碎方格的裙子。“夏涵，瞧，这是外贸货，质量不错呢。”

“你常来吗？”我拿起一件皱巴巴的白衬衫，扣子都松了。

“我大学是在北京郊区读的，周末跟同学转好几趟公交车过来……喂，这裙子我先看中的。”

她旁边一个学生打扮的胖姑娘拿起裙子去结账，听到这话，过来推了许微微一把。

“假货你还跟我争什么争。”许微微说。

老板开口了：“二位买衣服就买衣服，谁卖假货了？我在这儿做了这么多年，你们可别胡说八道，不买赶紧走。”

在两个人开战之前，我拉着面红耳赤的许微微从人堆里出来，说：“大望路那个新光天地听说挺有意思，改天下了班过去看看吧。”

“新光天地？可以啊夏涵，里面可都是国际一线的牌子，咱们存一年工资差不多才能消费得起。不过……我也惦记挺长时间，想进去看看了。”

“现在买不起，以后也总会买得起，我们可是在国贸上班的人，咬咬牙想要什么都有了。是不是？”

“工作狂夏涵，有些东西，我们使使劲也未必够得到，我上学那会儿就知道……”

后来我和许微微距离新光天地最近的一次，是站在自动门外吹了一秒强劲的空调。我们俩带着满胳膊上流社会才配起的鸡皮疙瘩，又灰溜溜地跑了回来。在那一瞬间，我看到了耀眼的Gucci的LOGO，紧张得以为门卫要为那贪婪的一眼收费。

许微微紧紧拉着我的手。“有钱真好，吹冷气好像都不怕冷了。”那酸溜溜的味道大概能把水壶里的水垢清理三遍。她跟我说：

“在动物园拿的裙子是假 Gucci，真想进去看看真的什么样。”

许微微教了我好几遍，如何用意大利语念出标准的“gu chi”。

那天我们从新光天地走到公交站时口干舌燥，但谁也没有提去买杯饮料的事。就像我们中午坐在公司楼下的小吃店，点一份菜单上最便宜的红烧豆腐盖饭，两个人分着吃，硬要在别人问吃不吃得饱的时候说，“我们在减肥。”

贫穷是心照不宣的，无论在哪个层面上。而那时的贫穷，拉近了我们之间的距离。

从动物园回家后，我把半个身子钻进破了洞的简易衣柜整理衣服，塞进淘来的白毛衣。坦白说，那一刻我也开始怀念家中的两室一厅，大衣柜可以在里面捉迷藏，阳光能直接晒到卧室的枕头上，躺下就是个十足的美梦。

我跟何奇说等加薪换个宽敞一点，条件也好一点的房子，他只是淡淡地说：“我上班也很累。”

那个把玩着感情圆球的小丑夏涵，真不知道要怎么去拿捏每个环节的平衡。

6

“起床了吗？”

周六一早五点半，我收到李想发来的短信。

他是目前我负责的项目的甲方对接人，一个看上去从来都不睡觉的男人，大概有追求完美的强迫症。我无数次在会议室看到他因为某一项的报价和顾若熙锱铢必较，争得面红耳赤。在项目执行前，我早晨上班一开电脑，就看到二十多封他和顾若熙的往来邮件，时间均匀分布在零点到四点之间，而且，我们两家公司之间并没有时差，他的办公地点只是在北三环。

在余下的时间里，他的工作诉求几乎把我难得的休息时间全占满了。他唯利是图到为了报价表里五块钱的差价，和我在周末开长达一小时的会。

李想留长发，在脑后绑个小马尾，我相信这是因为醉心工作没时间去理发店的结果。对于初次见面的人，他会露出已经练习得炉火纯青的微笑，一笑在两颊挖出两个酒窝来，灌满一种让人想多看一眼的奇妙魔力。分明是细长条的眼睛，却有深邃的双眼皮，眼神永远藏得深深的，一肚子猜不透的心思。想搞清他的真实想法，得在他吊儿郎当却算计精明的言语里仔细揣摩。在会后的聚餐中，他总要跟我们每个人握手，说大家都在北京混，都是好朋友，然后在报价表的每一个细节中嚷嚷“交情是交情，生意是生意”。

我放下手机，准备等天亮了再回复他，没想到三十秒后，手机的来电提示就响了。

“夏涵，睡醒了吗？”

“没醒呢。”

“那我先跟你说，你五分钟后醒了再做，昨天交过来的促销版面还要再改一下，LOGO 再往左边移动两个字符。”

“你跟我们客户经理说不行吗？”

“那小子不接我电话，我直接通知你们创意部更快一些。”

“今天可是周末啊。”

“这事办成了，我提前给你们打款，让顾若熙给你发奖金。”他总能一把戳在我的软肋上。

好吧，就算满肚子都是牢骚，可银行卡上寒酸的数字让人宽容。怨气令人狂躁，但物质让我妥协。我需要每一笔奖金，那些数字是我离开这个隔断间要走的一级级梯子。

我烦躁地在床上打了个滚，脑海里那两个字符的距离无限地放大再放大，像幼儿园里最讨厌的擦不干鼻涕的小男孩，对着我的脸在吹泡泡糖。噗的一下，这个泡泡破了，肮脏的痕迹粘在这晒不进太阳的隔断间的四面八方。

何奇吧唧着嘴说:“哪个男同事这么爱你啊，还问你起床没有，周末都想见你？你这么辛苦，他不心疼你，我还心疼呢。”

我把床上的奶牛纹抱枕扔到门口，仿佛能把想象中的李想打个趔趄，然后灰溜溜地打开电脑，对着教程研究到底怎么才能把LOGO调过去。我害怕给设计师打电话只会得到冷嘲热讽。此外，我也希望能在微薄的薪水之外多得到一些东西。那种虚无缥缈的叫成就感的东西。

我知道在这个城市，多做一些就能多拿一些的道理。那是合作的设计师告诉我的，她靠周末接的私活赚出了她住的一居室的房租，在那时的我眼里，几乎到了奢靡的程度。

日上三竿，何奇睡醒了，看到我在翻他从大学带来的设计教材，以为我患上失忆症，忘了自己的本职是个文案。我把设计图发给李想的时候，在邮件正文里写：“我们创意部不是机器人，也有休息时间的，请见谅。”这台词还是顾若熙教我的。

我关上电脑，想用洗衣机洗洗牛仔裤，隔壁房间的大姐抢在前面把满满一脸盆袜子倒了进去，扑通扑通的彩虹色毛球一股脑儿跳进洗衣机。一股浓烈的气味几乎令人绝望。我耐心地排着队等着用洗衣机，险些要习惯这样的日子。

我还不知道那一天，何奇要干一件更让我心灰意冷的事。他带我换了三趟公交车，花了两个小时一路向北，去了传说中亚洲最大的社区天通苑，去串他老同学达达的门。

达达和我们一样二十出头，发际线已经开始后退，穿一双黑塑料拖鞋出来接我们。一见面我就说：“这小区新盖的，看着不错啊，房租贵不贵？”达达却没接话。

我们跟着他走进楼道，沿着旋转的过道下到地下二层，呼吸都变得困难起来。走到黑乎乎的走廊尽头，我们仨进了那个大约六平方米、只塞了一张双人床的小房间。地砖上的灰尘把人的影子染成陈旧的颜色，被子胡乱堆在床角，底下还藏了几件没来得及收的粉色内衣。他老婆招呼我坐到床上去。角落扔着目测积了一周的酸辣粉饭盒。最惊悚的是，这个狭窄的地下室里，唯一一面空着的墙上挂着一幅修饰过度的婚纱照，新郎新娘的表情像是戴了石膏面具。

后来达达盛情说要留我们吃饭，我们四个人蹲在地上吃一盘炒油菜，荤菜是粉红色的火腿肠。达达多拿了一根给我。人手一个馒头，就是一顿午餐。达达老婆拉着我的手说：“夏涵，你也赶快结婚吧，何奇这么好的男人不赶快拴住怎么行。”

何奇说：“我们本来就打算春节结婚。”

我放下筷子说吃饱了，去了走廊另一头的公共卫生间。那儿的空间都比老同学的家宽敞。我怎么也想不到，何奇嘴里第一次提到婚姻，会是在这样的一个场景里，我们牙缝里还塞着嚼不动的油菜纤维。

难道何奇是处心积虑找了说客，让我看看北漂的相濡以沫是怎样的惨烈，企图让我渴望两室一厅的优越？也许这么比起来，我们那个晒不到太阳的隔断间也算是上品。

“里面的掉下去了吗，不知道外面排队呢。”一个东北口音嚷嚷着，吓得我哆哆嗦嗦地赶紧出来。

黑漆漆的走廊像个悬崖，来这里的许多人，都小心翼翼地维持着摇摇欲坠的生活。

我摇摇欲坠地生活在东五环的隔断间里，它马上就要坍塌了。

7

转正述职的前一天，许微微提议我们一起去某家向往已久的大商场买新衣服。我买了件灰色的西装，她也选了一件。她说：“女人上战场前，需要准备一件战衣，打起仗来才会所向披靡，北京这战场那么凶险，咱们一起撑过去。”

一件新衣裳就让队友变成了战友。我用刚到手的信用卡刷掉一千块，心想，总要找个时机推自己一把。

买完衣服，我们俩去商场后面的小店里吃麻辣烫，我说：“这衣服比一个月的房租都贵，如果没转正，岂不是下个月要守着它去晒月亮？”

“没关系，大不了来我家蹭吃蹭住好了。张千瞳虽然挣钱不多，至少能租个房子遮风挡雨。”

“哎哟，张千瞳那么好呢？”

“咱们俩是好姐妹，我的就是你的。”

回家的路上，我看着纸袋里的衣服，开始琢磨自己屋里是不是找不到一双能搭配的鞋子。

许微微发来短信：后背的标签不要剪掉，穿得小心一点，明天晚上我们一起去退货。

我心里咯噔一下。

何奇把那件一千块的西装称为“女人的无聊”。我无心应战，我要把和他吵架的力气省下来，留到明天。

晚上我用何奇从老家带过来的旧电脑修改着明天述职要用的幻灯片。那时我还愚蠢地以为未来的日子是一张拼图，只要一块一块拼凑起来，总能从这小屋子走出去，拼出一个可以期待的未来，一个能留得下的座位。

述职会议在冷气十足的会议室举行，要把这几个月的工作成果展示在总经理面前。

我努力模仿着在座的人习以为常的样子，眉头舒展，眼神从容，手却在桌子底下不断摩挲，好像裤子上的褶子怎么也抹不平似的。

许微微把她的述职报告投影到墙壁上，我瞥了一眼，就挪不开眼睛了，那报告的制作水平甚至在顾若熙之上。画面简洁却不失色彩，条目清晰却不乏流畅。随着她的讲述，总经理不断向顾若熙赞许地点头，意思大概是“这次找对了人”。

她的讲述结束后，顾若熙看着我说：“下面是我们部门另外一位实习生，夏涵，她的表现也一直很不错，加油。”

我背对着墙壁，按下了手中的开关。然后，我看到眼前诸位领导脸上的表情一瞬间转为迷茫，再转为惊讶和不耐烦，他们开始面面相觑。没有我期待的鼓励与欣赏，连客气的体谅都没有。

到底是怎么了？开场白结束，我转头看向墙壁上的画面，舌头差一点打了结。

我看到自己熬了半个晚上做的幻灯片成品莫名其妙变了，原本精心设计过的内容成了简陋的白底黑字，被投在墙壁上，其中的插图、动画效果和排版不知为何也荡然无存。

“对不起……我……”

我的手抖得像个帕金森病人。大家心里估计在想，今天午饭桌上的话题以夏涵开头就有的聊了。

顾若熙站起来说：“夏涵最近一直在加班，留给她的时间不是很充裕。李总，昨天报纸广告版面的文案还是夏涵写的，甲方都是一稿就过了。”她看着我，向我点点头，还是那种意味深长的眼神，丝毫看不出慌张。

我像被人扒光了衣服还要跳舞似的，磕磕绊绊地把准备好的台词复述出来，像演砸了戏的谐星一样丑态百出。

从会议室出来，我仿佛被推进了黑色的深海，四周埋伏着各种危险的旋涡，我却什么都看不到，只听到耳边混乱的海水灌入的声音，一点点把我淹没。我的胳膊没了挣扎的力气。

我站在洗手间，看着镜子里的自己，漂亮的战衣原来没有任何意义，它只是我成为赌徒后的另一个筹码，卷带着我输得干干净净。它既无法捞我上来，也没能帮我喊一声救命。

“我下午就辞职，不干了，不和你争。我无所谓的。工作总会有，你比我努力得多。”

回到座位上后，许微微趴在工位上悄悄跟我说。

“我们下了班去退衣服吧。”我淡淡地说。这一刻我相信自己是输了，许微微的豁达也不能改变我是失败者的事实。

下班后我们在那家百货店仔仔细细逛了很久。我留恋缓慢的背景音乐，挂在墙上的促销海报，层层上升的电梯，头顶晃眼的无法分辨昼夜的灯光，那都是我要一点点吞咽的渴望。我把喜欢的衣服都穿上试一试再放回去，售货员的白眼可能已经无法忍耐了。最后我默默算了算价码，知道自己只是它们身边游荡而过的一个透明的小水母。

拎在袋子里的这件西装，是唯一属于我的。

我站在收银台前，看着那个穿制服的姑娘在输单号，键盘上的数字磨得干干净净。当她响亮地按完最后一个确认键，一千块会退回那张初次使用的信用卡，衣服也会熨平整重新挂回货架上，等着下一个主人带它回家，穿它出征，随后遗忘在衣柜角落。可我还能是过去的那个我吗？我知道那件西装的好，它让镜子里的我变得自信而挺拔，让我腰身纤细，更像个属于 CBD 的白领。那一刻我反悔了，轻轻敲着桌子说："衣服我不退了，对不起。"

出来后，我把价签撕掉，重新穿上。它现在是我的了，是完完全全属于我的战衣了。

我又去男士皮鞋区给何奇买了一双新鞋，九百块。他说得不对，女人不仅无聊，而且贪心。我拎着新衣服和新鞋回家的时候，才小心地计算起要偿还的信用卡的数字。

在童年的记忆中，只有过春节才能得到妈妈从商场买的新衣服，剩下的时间，难免要穿远房的姐姐们穿小了的衣服，上面有陌生的气息。衣服是会保存主人的记忆的，比如上面的麦丽素痕迹或者牛奶渍，时时刻刻提醒着它过往不属于我的时光。

房子和衣服一样，无论我在那个小隔断里摆放多少使用多年的东西，墙壁上的挂钩痕迹、玻璃上的细小裂纹也依然带着上一任，或者前面无数任房客留下的印记。

每一次察觉到与我无关的线索，我对家中卧室的怀念就多一分。那时五环的楼房售价只要五千块一平方米，但一套崭新的房子对我来说依旧遥不可及。

走出商场后，我忍不住对许微微说："今天上午我去客户部找人，回来看到你坐在我的桌子前。那幻灯片是你删改过的吧？"我攒了一天的子弹，在这一刻迸出来了，我得找到心头那沉甸甸的怀疑的答案。

"我在找昨天发给你的一版设计稿。"

"今天你的幻灯片也是张千瞳给你做的吧？许微微，你为什么要这样，明明知道你身后有退路，可是我没有，我除了这件衣裳没有任何东西。你把东西拿走了，又口口声声说要还给我……”

第二天HR群发了人事任命通知的邮件，我真希望自己屁股底下能生根，把我跟这个工位牢牢绑在一起。

创意部转正的员工名单，只有许微微一个人的名字。

我想我短暂拥有的一切又要倒车回去了，要回到那家小打印店，这次要听老板娘的劝，用五毛钱的纸来打简历，也许还可以在工作经验里把这几个月不体面的实习写进去，还能聊聊我已经熟悉的面包店在周五晚上会半价，偶尔和许微微在加班时溜出去买牛角包当第二天的早餐，还有我熬夜写过的成千上万个方案、改过的无数稿无人问津的广告词，以及听客户说过的无数句“一个都不喜欢”或者“毫无亮点”。

以后日子会好过一点吧，至少在周末李想又给我打电话的时候，能潇潇洒洒接起来，说：“我没睡醒，睡醒了也不给你改，你年纪大了失眠，就请二环胡同里遛鸟去。”

8

顾若熙把我喊进办公室，我已经无比迷恋她办公室外的那一小片风景，看过快餐店开业又关闭，卖包子和豆浆的早餐摊前人来人往，昼夜间人潮的涨落如同潮汐。每个人都是一块小小的碎片，早晨涌进来，交叠在一起拼成都市繁华的流水线，夜晚再拆开，秩序井然地散落，回到各处用来躲避慌张人潮的临时安乐窝。

今天她大概会安慰我一番，最后说一句再见，像很多俗气又做作的场景。我甚至在考虑该不该虚伪地抹抹眼泪，可新买的睫毛膏不怎么防水。

她第一句话说的却是："夏涵你这衣服其实不错，就是配的鞋子不太好。你该去买双好牛皮的。"

"等我找到新工作，一定买双合适的鞋来配，只是真没钱了。"

"你要找工作？不想在这儿干了？"

"我不是没通过试用期吗？"

顾若熙拉我到电脑前，把刚才我看了一眼就酸了鼻子的邮件拉到最后一行。"没看到我要去新的客户二部了，你跟我一起去。不想转去客户部做？下个月的薪水能让你不用心惊胆战地穿带标签的西装了。"

我紧张地回身摸了摸衣服，明明记得昨晚第二次成为它的主人时，已经把标签摘了。顾若熙意味深长的眼神大概看出了我的想法，她说："你昨天在会议室都露出来了，不过我猜，除了我没人发现。昨天那个黑白的幻灯片差点把我们吓死，当中是不是有问题？"

"肯定有，您知道我不会那么干的。"

"一个项目名称都要写一百个方案的夏涵，怎么会拿那个来转正，我自然明白。"

我看着新部门的安排，仿佛明白这个城市于我的意义了。它是个棋盘，除了画在上面的地方，还有可以无限扩张的版图等着我慢慢走过去。只要我还有力气伸手往外抓一把，那透明的墙壁就可能留下一个让我钻过去的空隙。

这个城市并不仅仅是个模子，把人塞进去，按照和其他人相同的节奏运输到下一站。它会给我足够的空间，让我把包裹在彩色糖纸中的可能性一寸一寸地伸展开。

晚上顾若熙带我们去喝酒庆祝，那是我第一次去工体的夜店。白日里安静的街，晚上就亮起炫目的红色橙色的灯光。平日表情麻木的办公室白领，也换上露肩膀的衣裳和短裙，刷着长长的睫毛走上街，骄傲得像仙鹤似的，走进一片强烈的鼓点当中摇动身体。

顾若熙对我和许微微说："希望你们都好，北京这地方那么大，能遇到不容易。毕竟是我招来公司的人，人生遇到的第一个领导和遇到的第一个男人一样重要，无论以后你们走多远，也会一直记得我。"她晃着手里的莫吉托跟我们干杯，我觉得嘴巴里的薄荷味真清爽，一天天苦熬的疲倦都不见了。

夜店的音乐吵得要把脊椎震碎了，我和许微微出门喘口气，看到两个穿着黑长筒袜的姑娘出来坐在台阶上醒酒，她们大声咒骂着一起来喝酒的男同伴是猪队友，公司里装模作样的女同事讨人厌，合租的室友弄脏了家里的洗碗池，最后她们踩灭烟头，回身又走进嘈杂的空间。

或许生活本来就是这样，谁也不会被永远踢出局，迟早要拍拍身上的灰尘，仿佛一切都没有发生过似的，重新回到喧嚣中去。

许微微问我："夏涵，你觉得我真的会那么做？"

"这件事只对你有好处吧。"

“你怎么知道不是顾若熙干的？”

“她图什么呢？”

“她原本就知道自己要去新部门，心里早有了带着去的人选，就是你。”

顾若熙似乎永远一脸淡漠，我有点猜不透她的路数。

洗手间外，许微微对着镜子补口红，一张无精打采的脸一下子就上足了色。

我忽然也想给自己上足色。从今天开始，我又是个全新的人了。她揽过我的肩膀，慢慢地也来帮我涂嘴巴。我看看镜子里自己覆着一层正红色的嘴唇，确实比惨白的颜色精神一百倍。

顾若熙又点了一瓶黑方，掺着绿茶不一会儿就喝了大半瓶，自己冲上领舞台和穿着银色亮片裙子的姑娘一起跳舞。她浑身冒着热气走回桌上，有个挺啤酒肚的中年男人来找她要电话号码，顾若熙一板一眼背起了圆周率。一口气用完，她问中年男人：“你能背出来么，我的电话？”

中年男人说：“这么长？不行啊。”

顾若熙推了他一把，号啕大哭起来。“我那么累，你为什么还要来欺负我，我要累死了。我得记住那么多事情，你们都没有一个人帮我。”

四周的人莫名其妙地看着中年男人，他的脸不知是因为醉酒还是尴尬，一片通红。

我认识的顾若熙是个连微笑都要把脸部肌肉保持在最完美状态的人。原来她所有的情绪都一点一点挤压在身体里，这会儿成了一个被剧烈摇晃过的香槟瓶，噗的一声喷出来，落得我们满身都是。

一片混乱里出来一个男人，扶住顾若熙，我和许微微上去要把他拉开，来者竟然是李想。

顾若熙对他拳打脚踢，把他当成一个专门发泄悲愤的沙袋，对他喊："浑蛋，你能把圆周率背下来吗？"

李想朝我们摆摆手说："我送她回去，你们回家打车注意一点。"

我转身走的时候，他把一张一百块的钞票塞进我手里。我用"什么意思"的眼神看他。他回我一个"打车回家对你来说很贵"的表情。我从里面接收到很多同情和怜悯，气得浑身发抖，觉得自己在李想面前成了一个一丝不挂的人。他居然知道这夜生活是不属于我的，我的钱包里都拿不出足够的钱来支付打车回家的费用。

凌晨时分，我和许微微抱着胳膊站在路边打车，保时捷、法拉利开过去，我们如同在看一场电影。亮着小灯的黑车司机一直问我们："去哪里？便宜送你们。"

我关上出租车门之前，许微微终于问出了口："顾若熙和李想的事，你以前没察觉吗？"我正摇着头，司机就踩下了油门。

回家后，桌上放了一碗坨成一团的面条。何奇睡前写了张潦草的字条说："加班忙，吃了面再睡觉。"

我从字迹里几乎能看到他百无聊赖地盯着电脑上网的模样。他的百无聊赖，和远方小城的男人们一模一样：渴望着结婚生子，有个人和他一起，在两室一厅里过这百无聊赖的日子。

我去洗手间悄声倒掉面，按下冲水按钮的时候，脑海中浮现出一句连我自己都觉得惊悚的话：

谁要吃坨掉的面条。

9

在客户部上班的第一天，顾若熙给我发来了一大堆资料。我手忙脚乱地堆在电脑桌面上，一个一个地打开，像是在看天书。她一边夹着电话应付难缠的客户，一边给我敲过来几行字：

> 客户需求在邮箱里抄送你了，方案我明天早晨要带去提交，今晚必须完成，这是我们部门的第一个汽车品牌客户。我下午出去开个会，辛苦了。

我回复她："我以前没做过这种类型的……"

她用和对待甲方一样的态度对待我，只回答了三个字："自己学。"

CBD一整天最热闹的时段就是傍晚。一天的勾心斗角、互相揣摩在空气里发酵了，沿着新种下的梧桐蔓延。摆摊的人陆续开始做生意，卖艳黄的花，卖五颜六色的袜子，卖粉嫩的廉价头饰，下班的人们也愿意花点小钱买开心，塞在用年终奖买来的皮包里。

那些开心的和不开心的嘈杂，陪伴着埋头"自学"的我，一直到整栋楼都安静下来。

我的新工位在办公室的角落里，技术部最后一个男同事离开的时候关了灯，黑暗一下子变成了巨大的斗篷盖在身上。重新点亮灯，我伸个懒腰在过道里散步，细细品味着这个暂时属于我的宽敞的空间。

我居然开始害怕局促的地方，也许是害怕那个小隔断间会成为新的模子，改变我的模样。于是我继续伸展着胳膊来来回回走动，整个人都活络起来了。

李想来办公室找顾若熙，他说："她不接电话，我以为又在公司带你们开会。就你自己在？"

"她交给我一个新客户的方案要写，你就算今天想找我改东西，也没时间。"

"又要加班？有不明白的地方现在可以问我。"

"我自己搞得来。那个，你找她约会吗？"大概是下班以后的缘故，我忍不住开口问了一句。李想那个晚上扶顾若熙上车的姿势那么自在，甚至是熟稔，像练习过无数遍。

我开始肆无忌惮，是李想温柔的态度让我胆子变大的，大到不把他看成是客户的对接人。这会儿现身的他，一点都没有他口中"生意就是生意"的冷漠。

李想没接茬，走的时候，把手里的袋子放在我桌上。"饿了就吃夜宵。"

十点钟，办公室忽然断了电，漆黑第二次降临，我却觉得习惯和从容一点了。害怕是能轻易得到拥抱的人的特权，我大概没有这种权利。

走廊里绿色的安全指示灯亮得像团鬼火。我对着熄灭的电脑，清楚地记得自己改了半个晚上的方案没保存。

李想的袋子里有一盒虾饺，我拿着摸黑下楼。写字楼下，昏黄的路灯温和地亮着。我坐在花坛边的木椅子上，把饺子一个个塞进嘴里。

深夜的 CBD 像是刻意放缓了行动节奏，速度比白天慢了几倍，似乎一天的电力消耗光了。我细嚼慢咽地吃着凉饺子，盼望明天早晨来得迟一些。

李想溜达着过来，在我旁边坐下。“加完班了？”

“改了一个晚上，楼里断电。东西全没了。”

他指了下大门口贴的通知：“人家早就说晚上检修电路。”

我把停电通知看完，坐回椅子上，肚子里的虾饺几乎要变成硬邦邦的石头。我觉得自己失败透了，一件断电的小事情就把我的大事打翻在地。刚转正的第一份工作就搞砸了，没准把领导的客户也搞砸了。

眼泪转了三圈后就成了泄洪的河，深夜里人是憋不住眼泪的。我脑子里盘旋着无数的片段：跟何奇说赚了钱要租个好房子，跟许微微说以后有了履历有了经验，想去开会夹英文的外企，跟顾若熙说要一起缔造莫玛公司客户部的传奇……都是痴心妄想。

我忽然说：“我以前以为自己什么都没有，事实证明的确什么都没有。”

“跟我走吧。”李想说。

"去哪儿？你不会要带着我去跟顾若熙说这事搞不定吧？我自己说就好了。"我胡乱抹了把脸。

李想拦了辆出租车，跟司机说了个地名。十分钟后，我坐在马路边的一个小拉面馆，面前放着一碗大份的牛肉面，加了大把葱花和香菜，疲惫的汽车尾气味淡淡飘过。李想说："你知道犯人执行死刑前都要吃饱吧？"

"我能加个蛋吗？"

那一刻我感觉自己的末日已经到了。

吃完加了蛋和肉的豪华牛肉面，李想带我回了家。他住在旁边的首城国际小区，一个人住一室一厅的房子，对我来说差不多是想都不敢想的念头。

他客厅里有张宽宽大大的原木色书桌。"用我那台电脑写方案，不会的问我，等下我发几个给你参考。"他把他神圣的书桌让给了我用。

我尽量回忆着刚才写过的内容，开始敲打键盘，李想泡了杯咖啡递给我，拿着本书坐在一旁，心不在焉地翻着，偶尔瞄一眼屏幕，不冷不热地给我几个建议。大概是暖烘烘的牛肉面发挥了作用，我忽然觉得没那么颓丧了，手下也开始文思如泉涌，断了线的灵感源源不断地接上来。

方案大概有了雏形，李想又给我写了几条需要注意的要点，让我回去继续弄。凌晨两点，他陪我在楼下打车回家，半夜气温比白天凉得多，我抱着胳膊，一直在跺脚。

在黎明前微暗的天色中，李想的侧脸上，有一点点长期神经紧张造成的鱼尾纹，看上去没有给我打夺命连环电话时那么讨厌了。

回家路上我发现，已经静音的手机上有二十二个何奇的未接来电。我一时不知道该怎么跟他倾吐这一夜的糟心事。偶尔抱怨一下早上要排队的洗手间，他只会说一句“那不如我们一起回老家吧”，来堵我的嘴。

10

何奇没有睡，一直坐在窗前等。我推门进去的时候，他一脸铁青，咬牙切齿地问：“什么重要的事值得你忙到现在这个点？”

“我换到新部门了，有着急的方案赶着写。”

“什么部门说换就换，干脆把我也换了吧?！”

我不理会他，打开桌子上那个一运作就轰轰响的电脑继续改方案。包里还塞着刚才李想帮我写的笔记。

“夏涵，你不说话是什么意思？你每天回家都皱着眉头干这些破事，想过我吗？”

“你安静一会儿别说话行不行？我现在做的每一件事都重要，哪件是破事？”

“你就不能做点女人该做的？你自己说，从我们住到这地方来，你主动做过一次家务吗？”

“家务不是咱们俩轮着做吗？”

“那是我看你加班太累才帮你的，你从来没和我说过谢谢。”

“何奇，你别一副救世主的样子，本来就应该我们一起分担。”

“谁要跟你分担这些？谁愿意来跟你分担这些？”

“那就都别做了！”

我低着头继续敲打键盘。何奇忽然走到我旁边，说：“你少一副盛气凌人的样子，不就是送了我一双鞋吗，有什么了不起的？”

说着，他把我送他的那双新皮鞋从鞋架上拎起来，扔到了地上。牛皮鞋底落在地板砖上，啷啷地响。

“了不起？我在这儿还什么都不是呢，我倒真想了不起一下！”

何奇猛地拽掉我电脑的电源线，一瞬间，电脑发出一声短促的悲鸣，熄灭了。我茫然地低头看着，那一刻余光看到了何奇脸上让我惊悚的表情，他在嘲笑我。

他阴冷地笑着，那笑容像一支藏在暗处的剑一样刺到了我。看到我无助而迷茫的样子，他丝毫没有掩饰真实的表情，看起来是如此陌生。

我认识的何奇，是大学里那个穿白T恤的男生。和他一起过的第一个情人节，我寒假在餐厅打工，赚钱给他买了一双篮球鞋，他高兴地穿了几个月都没有换下来。而如今我咬着牙刷信用卡送他的礼物，倒成了“了不起”的炫耀。

我站起身，把他扔到地上的鞋捡起来。

他说：“夏涵，你最懂事了，今天跟我道个歉，我们就好好过日子，不过你以后得多陪陪我。”

我把鞋塞进门边的垃圾桶，塞进积存了几天的废纸和杂物中间，然后仔仔细细扎起垃圾袋的口子，拎着出门，扔到了楼下。

我后来反思过，我们之间的最后一点耐心和爱意，就是在他忽然拔掉电脑电源那一刻结束的，在我的方案临近完成的一刻，在我不管不顾他的埋怨，一心一意地要把工作做完的那一刻。

在小小的隔断间里，我们的感情枯萎得像干瘪的植物，随手一捏就碎了。

上班后，我站在顾若熙的桌子前，比上一次没有成功转正还要颓丧。顾若熙从包里拿出一支新口红给我，是迪奥新出的色号。“前几天朋友拿来的，以后你出门跟我见客户好好打扮一下。把你邮箱里的附件打印好，待会儿跟我去提案。”

我站在打印机前目瞪口呆，顾若熙重新写了个有上百页的策划案，而我昨天忙碌一夜，连一个封面都没有被她用上。

路上她告诉我：“你才来上班几天，给你安排这个就是让你知道什么叫工作压力。遇到问题了吧？找到办法解决了吧？”

“那些你写了多长时间？”我十分好奇。

“昨天一晚上呗。”

“真对不起，本来想帮上忙的。”

“我们这行，你找谁帮忙，都要给自己留个方案 B。不然，我浑身上下哪怕有一百个孙悟空也要牺牲光了。”

我看着顾若熙的红唇，她冷冰冰的脸上有了活人的气息。

跟何奇冷战的第十天，我站在家门口犹豫了。

门外是公司里要经历的水深火热，门里也不是属于我的临时避难所。我又回到楼下，跑到一个卤煮店隔壁的 ATM 机前，插进工资卡看我潦倒的存款。1445.2 元，这个怎么看都不体面的数字，让我没办法成为一个骄傲的离家出走的女人。

我叹口气推开门，迎面扑来一股让人疲倦的无数房客留下的脚臭味。何奇下了班回家，和以前一样开着很大的音量玩游戏。

在廉价的音乐声里，我暗自清点起住进这儿以来听过的让人心烦的声音，深夜里隔壁的磨牙声，清晨次卧传来的猫叫，楼下货车持续不断地按喇叭，那对不上班的小夫妻每天在为去超市买什么牌子的酸奶而吵架。

那些声音幻化成一只手，在每一个疲惫地回家的夜里攫住我的脖子，跟我说："滚吧，夏涵。"

这天我没带工作回家做，脱了外套一头躺在床上，觉得没力气面对这长长的夜，也没力气面对明天。我咬牙切齿地用小行李箱搬来的耐心大概快磨光了。忽然，游戏声停止了，何奇躺下来，我听到他慢慢的喘息。

"夏涵，我们搬家吧，换个好房子。"

何奇告诉我，他跟妈妈要了些生活费，打算和我在北京认真地过日子。我听见他说了一句："你那么用功，我再不跟上，就要看不见你了。"

他此刻的温柔像个陌生人。

在之后的一周，我们带着三个纸箱的全部家当，搬进东四环外的一个小次卧，房租是一千块。主卧住的就是房东——从事会计工作的琳达姐。琳达姐来自江苏，说话有种缓慢的江南风味。平时上班戴一副厚重的眼镜，刘海油腻腻的，每周来收一次水电费，斤斤计较到连几分钱都要找给我们。

每个周五的晚上，她在自己的房间里办派对，请十几个乱七八糟的男男女女挤在她那屋子里跳舞。周六我要躺到下午才起床，每节酸痛的骨头里都回荡着前一晚的音乐。

有好几次我和何奇想要报警，但我本着家和万事兴的态度想私下解决，于是跟着人混进琳达姐的房间，跟她说吵到我们休息了。她劈头就是一句："休息？在北京还想要什么休息！"

让我愿意忍受下去的是那个朝南的卧室，我泡了燕麦吃早饭的时候，看见阳光照在小碎花的桌布上。我觉得自己也像那花朵一样，在阳光下一点点舒展开花瓣，长出花蕊，在心里酝酿着蜜糖。

11

二〇〇八年早春的黄沙让呼吸都带有粗糙的颗粒感。周五下班时忘记关窗户，周一键盘上就能扫出一个小金字塔，敲几下键盘都觉得打扰了里面哪个法老的休息。

早晨在拥挤的公交车上，我学会两只脚微微外八字站着，重心下移，在遇到急刹车时就不会发生踩踏事件。从后车门下车时，在玻璃映出的影子上看到自己的脸和别人一样缺乏光泽。那是一种耐心被消磨之后的妥协。窗外的街道曾经是新鲜的风景，如今倒像是一排昏昏欲睡的谱子，跟随着一站一站的路途，把人往昏沉里多拽一截。

中午和许微微一起去吉野家吃双拼套餐，这是我们在发工资的日子对自己的犒劳。

“夏涵，你早上那么晚来，干吗去了？”

“没几个月要开奥运会了，房东说要查暂住证，跟何奇去派出所办的，打了他半天才起床。自从装了宽带，他天天上网到凌晨。”

许微微把牛肉混上米饭送到嘴里。“我上星期也办了，拿在手里有点凄凉。真想赶快结婚，和张千瞳一起过日子。”

我回头瞥了眼正在排队买饭的队伍，结婚？结婚到底会不会让生活有所改变？公交车上还是会踩坏这一季买的新鞋，空气还是让脸干得起皮屑，每一天来公司查收邮件，里面还是塞满了客户永远不满意的修改意见。

我看着许微微憧憬的表情，在脑海中幻想着婚礼的场景，但身边那个男人面目模糊。

我说：“现在只想快点解决最近的促销方案，已经为它加了好几个周末班了。”

“结婚和方案一样，总得把执行进度放进时间表。男朋友可是长了腿的，不会像家里的沙发一样只等着你一个。”

我想起前阵子何奇说，他的老同学达达回老家过年之后再没有回来，女朋友怀了孕，在这儿自然是不方便生孩子，就从那个地下二层的小屋里搬走了。那会儿，以他们那片小区为终点站的地铁五号线终于通车，千辛万苦等待这一天的他们乘着地铁转车去火车站，就此与这个城市道别。不知道他们是怎么把那幅硕大又千篇一律的婚纱照运回家的。

我放下筷子打了个饱嗝。“在北京打拼也和婚姻一样吧，外面的人想进去，里面的人想出来。”

“我们都是有暂住证的人了，暂时还能住下，以后刮大风的时候，吃得壮一点让风吹不走就好了。”

12

我们揣着方案急匆匆地去鸟巢附近的楼盘开会，旁边有块工地被灰暗的水泥管子围起来，有些按捺不住好奇、在奥运会前提早赶来的外国游客举着相机拍照片，他们站的位置用粉笔写了四个大字“禁止拍照”。

许微微说：“前几天晚上我下楼买可乐，附近停车场外有个外国男人在给他女朋友拍照，女朋友站在有停车场三个字的牌子底下摆各种姿势，他们是不是觉得哪里挂了牌子，都显得博大精深？”

中国的文字的确显得博大精深，这一点从客户在楼盘贵宾室里挂的墨宝就能看出来。这阵子刚涨上去的房价又开始跌，十米开外，我们就能看到售楼小姐的脸色像是在痛经。

“文案要写得国际化一点，那个单页做得要上档次，明白吗？”对方市场部的经理苦大仇深地看着我们，“夏天的热销季就要来了，你们正做的东西可是要写进历史的。”

“非常明白。”顾若熙接过话说，把我刚要问的那句“国际化的意思是要我们把中文改成英文吗”给压了下去。在午后的光晕中，顾若熙侧脸上的小绒毛显得一清二楚。她的白金项链上挂了颗珍珠坠子，衬在驼色的针织衫上，让她的气质显得柔和了许多。

客户苦大仇深，她比客户更苦大仇深。这样市场部经理就不会因为行业不景气减少预算，而是觉得我们比他过得更凄惨。这个招数奏效，因为在晚高峰来临之时，我们带走了下个季度的任务需求。

“夏涵，后面这个项目你来负责，争取这周完成，看你最近表现还不错。”

“可是我……”

“别以为这一次我还会帮你，优胜劣汰，要是有问题，我跟HR说一下马上换人。你信不信我现在去招个牛津毕业的来，都不成问题？”

晚上公司里又剩下我一个人，何奇催我回家的电话已经不打了，看来他习惯了和游戏里的战友为伴。可我身边的战友许微微下班匆匆化好了妆出去约会，她跟我说：“就算加班也没人觉得你不容易，但你努力去讨好喜欢的人就真的有收获。”她手腕上戴着张千瞳情人节送的价格和她月薪相仿的新款手表，而我，脚后跟还留着何奇送我的那双平底鞋磨出的黑印子。

那时我还不知道，二十三岁最难熬的一个夜晚就要来了。

给印刷厂发了文件之后，我接到了李想的电话，那一瞬间以为自己当晚就要被他凌迟处死了。“夏涵，明明说了要铜版纸，为什么印刷文件标注的是普通纸，而且那家印厂铜版纸也缺货。你们公司是怎么做事的，这么要命的事你担得起责任吗？”这会儿的李想，又摆出了“生意是生意”的态度。

“担不起……”

“还不赶快想办法，明天天亮我必须见到成品。”

顾若熙电话不通，我一直给许微微打电话，直到把她的彩铃歌曲倒背如流才接通。

“微微，你发我的文件，纸张规格标注错了……”

“他们不能帮忙想想办法吗？我在外面……确实不太方便……”我听见她的声音明显带着哭腔。

“微微你怎么了？”

“夏涵我没事，这一次你帮帮我，求求你帮帮我……”

挂了电话，我从饮水机接了一杯冷水，咕咚咕咚喝了下去，身体里仿佛是空荡荡的，水倒进去，四处是水花溅起的声音。

外面下起了雨，水流进五脏六腑里，都是刺人的冰碴。

我站在路边淋着雨，恳求司机一路等候我，沿街找快印店帮忙联系纸商，想买一些铜版纸。

听到的都是这样的回答——“下班了，明天再说吧。”“抱歉，我们也没有了。”“太晚了，送不过来了。”

最后一家店铺还亮着灯，门口贴的福字金光闪耀。

“对不起，老板，打扰了，我们着急买铜版纸，请问您家的纸商现在还联系得上吗？”

“正巧，来送货的师傅正跟我吃饭呢，你看看后面仓库里的那些够不够？”

仓库里的纸并不多，但我还是找了个车一并拉走了，杯水车薪总好过徒劳无功。

赶到六环外的印刷厂的时候，我整个人沉重得跑不动，身上穿的红色棉外套吸饱了水，每迈一步都在增加重量，真想变成一只透明的章鱼游进海里，躲避接下来要面对的一切。

李想穿着黑雨衣站在印刷厂门外，拉着湿淋淋打寒战的我去门卫的小办公室里烤电暖气。我用一条粗糙的旧毛巾擦身上的水，拧了几十次，才让自己从一只章鱼变成了人类。我们俩被电暖气照得脸通红，他说："你是新人，也不想多说你什么，不过你有没有常识？印刷厂是随随便便什么纸都能用的吗？规格不对，买了也白费！"

"有总比没有好，是不是……那你说怎么办？"

"就知道你没办法，我刚联系到别的印厂开工了。以后没办法跟你们公司合作了，再把你的命折腾没了，我怎么在这圈子里混。"

"对不起……"

"市场从来不接受对不起，我个人可以接受。"他拿过来一桶泡面，冒着热气，"给你加了个蛋。"

我看着他，觉得那一刻他身上亮起了电光，带着磁力的那种。我像个树袋熊一样过去抱住他，他推开我说："这皮衣很贵的，你知道保养多贵吗？别给我沾上水。"

"李想，谢谢你。以后还跟我们公司签约吧，丢了客户的话，我也混不下去。"

印刷厂的师傅开着小面包车送我们去四环边打车，我和李想坐在后面车厢里的小马扎上，每呼一口气都冒着白雾。

师傅打开了电台听音乐，不知是什么午夜台，放起了刀郎的

《二〇〇二年的第一场雪》。他说：“你们为工作这么拼命，以后在北京一定比我有出息。小姑娘你知道吗，李想怕你饿肚子，拿了两包中华烟跟我换抽屉里的泡面呢。多好的人。”

我顿时觉得肚子里那个充满防腐剂的卤蛋珍贵无比。

开车师傅还要赶回郊区，我和李想在四环边的立交桥底下打车，路上除了大风吹过来的垃圾和树叶，看不见一辆出租车的影子。热闹的城市，在那个晚上成了一条呼呼透风的隧道。

通常情况下，两个人迅速拉近距离的方式有两种，一种是一起站在路边打不着车，另一种是问对方来这儿的原因。于是这一天，冻成树桩的我和同样冻成树桩的李想背靠着背取暖，聊着来北京的初衷。

他说：“我七年前糟糕透了，在哪里都过不下去，兜里揣着五十块钱来北京，住地下室。跟几个哥们想要创业，结果一分钱没赚到，被骗得光了屁股，饿得差点就出去抢劫。听说有家广告公司有饭补，工资交了房租不至于饿肚子，我就去了。这圈子里跳槽比换女朋友快多了，要么是在企业的营销部，要么就在广告公司，来来回回都是些熟面孔，每年跟重新洗牌似的换换位置。说说你，刚来没多久吧？”

“在家里被人嫌弃没出息，既没当上护士，也没当什么小学老师，还没嫁出去，和你一样来混饭吃。不过今天出了这桩麻烦事，大概也得饿肚子了。”

“没交个男朋友照顾你？”

听到这句话，我才察觉何奇这一天异于往常地安静，连条短信都没有。我似乎也习惯这种安静很久了，不愿再开口跟他分享我的喜怒哀乐，甚至已经到了不用开口，就知道他会对我做何种点评的程度。

有一年，我从家里去一所学校参加考试，遇上大堵车，他跟我说快下车往学校跑。我是个路痴，迈着步子跑错了方向。路的尽头是疗养院，花园里都是散步的老头老太太。后来他考完试过来接我，跟我说："无所谓啦，毕不了业就养你一辈子。"

现在何奇知道我不再是路痴了，我站在街道上也能像真正的本地人一样，说这条路往南走向西拐，分毫不错。

可我们如今连关怀彼此的力气都不足，我只能在立交桥底下用值两包中华烟的泡面的余温取暖。

13

好不容易打到车回家，换了湿衣服想冲澡，头顶哗啦啦地落下冷水，电热水器没有人提前加热过，地漏又被琳达姐的长发堵上了。我默默地擦干身子穿上衣服，积蓄了整个晚上的寒冷让人没力气发火。

何奇没有回家，我想要追问，又把手放下了。我从衣柜里找衣服往身上套，毛衣套了一件又一件，还是打哆嗦。

何奇的一件卡其色风衣从衣架上滑了下来，我重新捡起来的时候，地板上躺着一张他和其他女人的大头贴。他们两个人脸贴着脸笑着，他的藏蓝色围巾还是我和许微微一起买回来的。

我坐在床沿上盯着手里何奇的小头像，那个笑容无论怎么看都极为陌生。

天隐隐亮了，暖气终于开始有了一点点温度，让我得以苟延残喘地爬起来去上班。刚到单位，李想的电话又来了："夏涵！你们的设计师把电话号码留错了！昨天的宣传单全部作废！"

我的半边脑袋疼得厉害。顾若熙在办公室里说："这一次是许微微的责任，创意部出的错凭什么要我们背锅？！"

"我给她打过电话，她说有事在外面……"

"你又不是不了解她，她的事业就是谈恋爱。你和她不一样，难道还不明白吗？她连转正述职背后都有人推一把，你还不是要自己扛？"

我觉得全身越发冷起来，太阳穴突突跳，仿佛要蹦出什么怪念头。我只想躺下好好歇一歇。

"我发烧了，能请病假吗？"

"你先回去吧，剩下的我来处理。"

顾若熙的背影逆着光，我转身离开的时候，开始想象她是怎么从一个实习生活成一堵刀枪不入的墙。

回家的路上路过楼下的水果店，那儿在卖切开的红瓤西瓜。我觉得嗓子又痛又痒，于是买了一块这个季节显得有些奢侈的西瓜，算是给自己这一场徒劳的努力的奖赏。

站在家门前翻了许久没有找到钥匙，我隐约听到房间里传出何奇说话的声音。

“夏涵每天不知道在公司瞎忙什么，家里乱成这样，从来都不管，说她好几次都不听。”

随后我听到一个女孩的声音。“你不是说把她的述职报告给改了吗，按她那智商，没转正还不得失业？”

“还说呢，后来公司新成立一个部门缺人，让她去了。不过整天加班也好，我才有时间陪你。”

“这都是什么房子，破破烂烂的，你搬去我那边住好了，我在新街口有个小公寓。”

那一瞬间，我似乎卷成了一把收紧的伞，把四肢都裹了进去，手哆嗦着，打不开眼前的门。

声音消失了，我站在门口，拿着钥匙和自己僵持了许久，终于还是开了门。

一双没见过的黑色松糕鞋突兀地映进眼里，白鞋带的缝隙里积了不少灰。旁边搁着何奇在家穿的那双脏到看不出原来颜色的棉拖鞋。我的拖鞋凌乱地扔在床边。

我深呼吸了几口，才敢咬紧牙把头抬起来，看着床上的两个人。我打开门进屋的时间，他们已经飞快地捞起地上的衣裳，把身子遮挡起来。

他们看着我，没说话。我看着他们，也没说话。

我说：“何奇，家里来客人了，怎么不给我介绍一下？！”

何奇支支吾吾地说：“那个，我……这是我同事，我们就是来……聊聊天……”

“哦，同事？我正好刚买了西瓜。何奇，你去厨房给她切一块尝尝。”

何奇尴尬地爬下床。我打开塑料袋，手里捏着那一角西瓜，扔到了床上那个染了黄头发的女人胸口上。

汁水溅得满床都是。她猛地跳下床来，瞪着我。“你干什么？”

“招待客人啊。”

何奇过来拉住我。“夏涵，你这是要干什么？”

“你说我要干什么？你们说我要干什么？聊聊天？你们真当我脑子里都是西瓜吗？”

何奇连拉带扯地拽着那女人出门去了。我忽然觉得无处可去。

我实在不想留在那个还飘荡着暧昧气息的房间里，出了门，呆呆地坐在走廊上，不知不觉睡着了。我没想到，这几个月来最安稳的一个觉，是在自己住的地方外面，坐在冰冷的水泥地上睡的。

不知过了多久，我迷迷糊糊地醒了过来，摸了摸额头，烧得滚烫。

何奇没有回来，我强撑着进屋拿了医保卡，转身下楼的时候，手一松，手机掉了，那么结实的诺基亚，电池都给磕出来了，屏幕碎出雪花般的纹路。

我自己去社区门诊打吊针，打了一半又仰头靠在墙上睡着了，口水都流到了胸前。我除了睡，没有勇气让自己醒着。药水打完，针管里回血了我都不知道，那一线细细的红色把坐在旁边的老太太吓得不轻。

随后我看到坐在对面，也在一个人打吊针的琳达姐。她在挂第三瓶药，前面两个小瓶都空了。她用空着的那只手举着一个大煎饼正在慢慢啃。看见我，她说："一个人生病很辛苦吧……不过以后你会习惯的。"

护士一边帮我拔针一边不耐烦地说："你下次来注意一点啊，看把别的病人给吓得。出医疗事故我们是要担责任的。"

我按着手背的棉花，坐在散发着浓重消毒水味的椅子上，张着嘴巴无声地哭起来，眼泪纵横交错地滑过面颊，滴在身上。

琳达姐没说什么，拍了拍我的肩膀。

然后她开口说："我来北京十年了，五年前和未婚夫分手，那小子是本地人，跟我装穷，说自己月薪两千块。我觉得裸婚也没什么，哪知道结婚前我在闺蜜家楼下，看见他开一辆奔驰带她出去兜风。你猜后来怎么着？"

"闺蜜和男人都没了？"

"闺蜜跟他分手的时候，他把车留下了。闺蜜倒手卖了，分了我一半。她跟我说，男人是流水的，闺蜜是铁打的。后来啊，不管高兴不高兴，我都跟朋友们在一块玩。要不，周末你也来屋里一起玩吧，之前打扰你休息了，对不住。何奇工作好像不忙啊，怎么你一个人过来看病？"

"他走了。"我喃喃地说。

走出医院，路过门口的电话亭，我从小卖部买了张卡给妈妈打电话，告诉她手机坏了，等发工资再买，让她不要着急。她每隔一天就要发短信问我有没有按时吃饭。

妈妈一听是我就说："北京天冷，注意不要感冒啊，你跟何奇都还好吗？"

"都好，都好。"我把牙咬得紧紧的，不让自己哭出来。

"喂，夏涵啊，电话是断了吗？"

"马路边车多，太吵了。改天再打给你。"我蹲在电话亭里，看着来来回回的腿和脚，眼泪流得痛痛快快。我总会在这里找到容身之地的，哪怕是一个电话亭，哪怕小了一点。

我忽然想起，这是自己成年后第一次撒谎。原来小孩子撒谎是为了自己快乐，可大人撒谎，是为了让别人安心。

14

第二天刚到公司，就看到顾若熙和新来的创意部总监在总裁室里拌嘴，外面的人全都屏息凝神关注着里面的动态，一举一动像按下了静音键。我的心脏乱七八糟地敲着鼓。

我的心悬了起来，一边是自己的阵营，另一边是最好的朋友许微微。哪一边都不能受伤，哪一边都没法放弃。

没过多久，顾若熙像落汤鸡一样垂头丧气地出来。我出门去洗手间的时候，听到前台正在外面说顾若熙和李想的事。

"顾总监原来跟客户公司的人谈恋爱啊，听说那个李想还是青年才俊呢。"

"还听说李想以前和顾若熙是老相好了。这事老板知道了，肯定要炒了顾若熙吧，没想到广告公司跟客户公司还流行这种潜规则。”

原来我的直觉是对的。他们似乎真的有过什么。

顾若熙回到她透明的办公室里，我忽然觉得那个让我羡慕的玻璃空间仿佛成了牢笼，把她关在里面供人观赏。

如果我把发送的文件多检查一遍，就不会出现这样的问题。是我让顾若熙不得不被人翻开自己的“黑历史”，在舌头上翻来覆去地咀嚼。

我在 MSN 的对话框里找许微微的时候，她敲过来一行字：夏涵，我什么都没了，原来张千瞳早就变心了。对不起。

原本要发送的“一切都是因为你工作上的疏忽”被我删除了，我重新打出了“我和你一样”这句话。

我对她的怨气被深深的同情掩盖了，我理解了她的应接不暇、她的张皇失措，也理解了她的玩世不恭。只不过在同样的境遇下，办公桌是我唯一的容身之所，而许微微更想得到她所要的爱。

再见到李想的时候，我对他说：“你和顾若熙的事情害惨她了。”

“来这个地方混，谁都要为自己的选择承担点后果。这点小事算什么。”

他站在街角抽烟，我从他手里拿过一根万宝路，也学着他的模样抽起来。

他帮我点上火。“你怎么了？”

“在承担我的后果。”

“走吧，回去喝一杯。”

李想家客厅的柜子里满满的都是酒。他给自己倒了杯威士忌，我一把抢过来。“我也要喝。”

“我给你喝个甜的吧。看你一副愁眉苦脸的样子，简直老了十岁，给你找个年轻人喝的酒。”

他在高脚杯里给我倒了一杯他自己调的龙舌兰日出，红色的糖浆沉在底下，和橙汁以及冰块混着，每一口都凉爽又甜蜜。

我的脚在高跟鞋里胀得厉害，便脱了鞋走到鞋柜那儿，想找双拖鞋换上。打开鞋柜门，最下层居然有五双不同风格、不同号码的女士拖鞋。

李想说：“嗨，那都是别人留下的。”

“你背着顾若熙找别人？”

“我们早就分开了。”

“现在是单身？”

“要不然怎么有时间跟你一个小孩喝闷酒。”

我挑了双还算顺眼的粉色拖鞋穿上，脑海里却浮现出在家里的床边，那女人穿着我的拖鞋和何奇一起走过的几步路。她是怎么走的，脸上带着什么表情，和何奇都说了些什么？

我杯子里的酒空了，李想又去给我调了一杯，他也喝得微醺，走路时撞到了茶几。我站在他旁边，看着他细心地擦干净盎司杯。那一刻我踮起脚来，吻了他的脸。

他惊讶地看着我。“夏涵，你干什么？”

我把拖鞋甩到一边，拉着他往卧室走，一边走一边甩开自己的衣服，李想跟在我后面捡了一路。

我穿着一件薄薄的黑色打底衫砰地倒在他的床上，大言不惭地说："李想，我们试试吧。"

"你好好休息。"他扯过我身下的被子，给我严丝合缝地盖到脖子。

"你回来！"我猛地把他拽倒在床上，他摔在我身旁，把我歪倒的身子扶正，发现我脸上在哗啦啦地掉泪，把被子角打湿了。

"你到底是出什么事了？"

"你说他怎么了，他们是怎么开始的，你和她们又是怎么开始的，也是这样开头的吗？"

第二天醒过来的时候，李想煮了面摆在餐桌上等我吃早饭。他拧着脖子说："一会儿你赶紧去上班，我在沙发上睡得落枕了，得去按摩一下，你又耽误我事情。"

"对不起……"我边吃边嘟囔了一句。

一周后我和许微微成了室友，可以互相换着穿衣服的那种。我们在天坛公园附近租了个带阳台的主卧，有什么不痛快的事，晒晒太阳就好了。一切都不如晒太阳。刚住进去的那天，许微微买了牛角包给我吃。香脆的刚出炉的牛角包，一口咬下去，黄油的香气从酥皮里层层叠叠落到舌尖上，果真比周五买的半价货好吃一百倍。

许微微跟我讲了她和张千瞳故事的始末。上大学时，张千瞳是她的学长，毕业后他先来北京工作，她也硬要跟着来。她是艺术生出身，只能找份创意方面的工作。张千瞳一开始没什么钱，两人约会就是压马路。在肯德基买一小杯可乐吹空调，她觉得跟人家在咖啡店约会没有太大差别。许微微父母早已离婚，她一直想有个家，她本以为张千瞳在哪里，家就在哪里。可当张千瞳和朋友们一起创业开公司，做网站赚了点小钱之后，和许微微就越走越远了。

不爱她的理由庸俗得可以，他说许微微不懂他，毕竟他的ABCD 轮投资计划书，上面写的都是她看不懂的句子。

“你说是我变了，还是他的心变了？”许微微问我。她在厨房里做西红柿炒鸡蛋，哭得围裙都湿了，我差点以为她在炒一锅生洋葱。许微微继续说：“我舍不得他，但听到他和别的女人打情骂俏，怎么觉得像是从来没有和他认识过。”

不久，顾若熙从公司辞职了。临走的散伙饭上，她对我说：“夏涵，你知不知道只有脆弱的人才善良，你总是太善良。你还多么年轻，年轻女孩子专属的权利，是想要的东西就大胆去拿，没有人会责怪你。以后你就明白了，年轻的时候，无论怎么贪婪都是对的。”

说完她抱住我，抱得那么紧。她的眉头皱在一起，看不清她在想什么。

“知道我为什么辞职吗？”她问我。

“对不起……”

“谁让你道歉了？你这样莫名其妙地道歉，会让我觉得自己当了坏人。”

“我是真的不知道……”

“谁他妈的愿意在这儿给人打工啊，现在混得不如意，我自己走。还记得你来面试的时候我问过你，是不是喜欢在这儿上班吗。我一点也不喜欢，好像每天都在玩扫雷，不知道哪一脚踩错，就给炸死了。”

我说：“其实我一直很羡慕你。”

她回了我一句：“你羡慕的不是我，是你得不到的生活吧？”

是啊，我只羡慕我得不到的东西。以后还有很多东西我会羡慕，那都是我不切实际却孤注一掷要走的路。

第二章

Chapter 02

1

二〇〇九年，第一场冬天的寒风吹过的时候，街边的树干都被绿色的塑料布包了起来，以免被严寒冻伤。到了来年春天，花草树木才能畅快呼吸，在暖阳里继续风姿招展地成长，等待新鲜沙尘的到访。

而此刻我正沉浸在对莫玛广告公司的失望之中，这种失望开始于在总经理办公室的对话。

李总说：“夏涵，公司对你工作能力的评价，只能是现在这个薪资水平了，你毕竟不是名校出身，还需要在公司磨炼一阵子。”

我说：“您的意思是我不值得更多了，对吧？”

“没有这个意思，我们都看得见你的潜力。每个月我看考勤记录，你的工作时长都是最长的。你也知道现在的情况，北京的房子马上开始限购，地产客户的预算都比以前少了一大半，以咱们公司的实力虽然能扛过这阵子，但你也理解一下我们大家的难处。也希望你能和莫玛广告一同成长起来。今年的年终奖，公司也延迟一些给你们。”

我盯着李总头顶开始变得稀疏的头发，攥着拳头，从一数到二十，然后耸耸肩膀，蔫了吧唧地关门出去，把那句“那我不干了”塞回肚子里，像塞了一个陈年的旧馒头。

不止没加薪，似乎还赔上了奖金。在关门那一刻，我细细地思考了接下来的计划，暗自掂量了足足两分钟跳到美豪广告公司的可能性。

答案是我并没有几斤几两，根本无法撬动大概有千斤重的美豪广告的大门。

那天是我来公司这些年，第一次主动敲开总经理办公室的门，第一次开口问薪水能不能再多一些，第一次鼓起勇气问这个世界，我是不是值得更多。然后我自己退出来，把门关上了。

手机收到了提示信用卡还款的短信，响得很空洞。那是我为了在春节回家时展示衣锦还乡的派头而付出的代价。原先的白羽绒服上莫名地多了红酒渍，我咬咬牙去买了一件带狐狸毛领的毛呢外套，还有搭配的过膝靴子。未来每个月的固定支出除了房租，又添上了分期偿还的信用卡。

我知道我踮起脚往上看的样子有些丑陋，可如果不忍受这些丑陋，我怎么会知道上面的世界真的比身边的更好看？

不久之后的周末，许微微拉着我去大望路附近一个设在三十层的日式酒吧，我们特意在喝酒的人群尚未出动的晚饭时间过去占位子。

她告诉我：“坐在窗边的位置上，可以俯瞰整个CBD，花团锦簇的，特别美。”

我盯着电梯一直往上升的红色数字，出来跟着指示牌走进隐秘的小酒吧。店面幽深曲折，进去却别有洞天。座位外面遮着浅色的小竹帘，藏着无数微醺后的欢欣与悲伤。

我一直趴在窗户边往外看，对这风景的喜欢藏都藏不住。马路上的尾灯混着霓虹灯的色彩，在远处逐渐变成模糊的光斑。

许微微安静地坐在我对面，脸上挂着一点恍惚的笑。那一刻我并不知道，她准备放手了。现实和梦想孰轻孰重，她在这一刻有了决断。

收到消息的那天，她没有去公司上班。我带着满身的疲倦进门，看到她一边收拾行李一边向外扔垃圾的瘦小身影。她一看见我就说：“夏涵，我要走了。”

“怎么，恋爱狂魔要搬到新男友家住了？”

“年后和他一起去上海。已经买了机票。”许微微说话时仔仔细细看我的眼睛，我不知道她想从我的眼神里读出什么东西。

“许微微，你不能走。”这句话脱口而出的时候，我忽然觉得不舍。这一年多，我们住在同一个房间里，睡前絮絮叨叨聊着公司里没有开头也没有结尾的八卦。我记得我拿着名片给她看，告诉她我成了公司最年轻的客户经理。她把约会时办的餐厅会员卡拿出来，说下次请我去吃东西。我们分享的那些隐秘而微小的快乐，是不能展示给外人看的。

她拍拍我的手。“夏涵，这儿有能让你成长的营养。我只想做个普通人，结了婚过平平常常的日子就够了。”

她知道我花了那么长的时间，才把自己从夜夜流着泪入睡的漫长的失恋里捞出来。我一天天在公司里加班开会，疯癫地笑着在白板前拿着记号笔和大家一起头脑风暴。我不让自己闲着，不然痛苦的念头就会一股脑儿冲上来，像香槟酒的气泡似的咕嘟嘟变成眼泪。我曾经一个人在深冬灰扑扑的胡同里溜达，风把脸吹得红肿胀痛，但那让我快乐。我看到我的版图一点点变大，也知道自己终于从空落落的心情里走出来。

我更爱这个城市了，它足够大，大到可以在宽敞的街道上稀释悲伤，也能让我躲避一个人，或者进入另一个人的世界。

我更羡慕的是许微微的勇气，她能做的，我就没办法效仿。刚认识一个月的外企男友被调去上海分公司，她就扔下北京的一切跟着走。她把三里屯一家据说给很多明星做过造型的理发店的卡给了我，鼓励我把头发做得好看一点，赶快谈新的恋爱。她说："大概熬夜约会的人，比熬夜赚钱的人活得轻松一些？"

我回了一句："看来真的要努力赚钱了，不然婚礼上怎么给你包最大的红包。"

"夏涵，坦白说我也不知道能不能结婚，但是我现在愿意试一试。从北京到上海，不过是一趟飞机而已，为了一段关系，总要有人多走一步，我愿意当那个人。"

许微微的黑行李箱小小的，看上去也塞不下什么东西。我从她瘦小的身影中似乎看到了自己缺失的那一部分。那一瞬间我有些惭愧，因为我只爱自己，只要自己想得到的东西，从来都不肯迈开步子，往另一个人那边多走一步。

她结束一上段关系的时候也是如此果断。张千瞳第一次在她面前露马脚的时候，自以为掩饰得很好，许微微的第六感却察觉到了什么。那是一种没办法解释的直觉。

在那直觉的驱使下，许微微中午打车到他的公司，想给他送杯打包的饮料。她举着温热的纸杯，看到张千瞳和一个女同事在分吃同一个饭盒里的饺子，满脸的笑比饺子味儿还让人反胃。许微微呆在那儿，一口气喝光了那杯饮料，饮料还是热的，她却从头顶凉到脚底。最后瞥了一眼，她看到那女孩亲密地帮他擦去嘴角的油渍。

那天晚上，许微微跟我在快餐店吃水饺的时候，问我："夏涵，你会包饺子吗？"

"不会，外面卖的不是也挺好吃的？"

"我想学包饺子。"

"张千瞳爱吃饺子？"

"可能是吧。今天我看他吃得挺开心的。"

说完不久，许微微去超市买了一把菜刀，她说想学着剁馅儿。但那段时间她们部门在加班，连菜刀的包装都没有拆开。

张千瞳有天在家里比比画画地给手机贴膜，许微微问："你不是一直不喜欢给手机贴膜吗？"

他回答："就是练练手。"

许微微后来跟我说："如果一个人改变习惯，特别是男人，一定是受到十分亲密的人的影响，而让他开始练贴膜的人绝对不是我。"

许微微见到贴膜美女的真面目，还是在张千瞳公司的门外。她等他下班一起吃饭。上次那位一起吃饺子的女同事站在前台那儿，摆弄着自己的手机，对张千瞳说："张经理，这手机膜贴得真不错，专业水平了。你下班再来我家吃饺子呗，我昨天又剁馅儿了。"

听到这一切的许微微躲进了消防通道，然后她收到了张千瞳"晚上要加班"的短信。

到了周末，许微微带着菜刀去了张千瞳家。她回来跟我讲，她给张千瞳包了许多饺子，每个饺子里都包了一个硬币，祝他"好好发财"。

广告单出事那天，许微微中午才来公司，一副失魂落魄的样子。不久我听说了她上午大闹张千瞳单位的故事，她用纤细的胳膊举着菜刀冲到贴膜美女的办公室，大家目瞪口呆，以为她要大动干戈，都躲得远远的，连保安也忘了喊，哪知她慢条斯理地对着贴膜美女说："你不是经常给我男朋友剁饺子馅吗，来教教我啊。"

只是在那顿包满了钱币的饺子盛宴之后，她狠下心，主动开口和张千瞳说了再见。

我说："什么时候不开心了就回来，我的床永远都给你留一半。"此时衣柜里还有我们轮换着穿的衣服，她把自己的那一半都留给了我。

"我才不回来呢，我一定能找到更好的地儿。夏涵，以后别总为了省钱委屈自己。该吃点儿好的，就好好吃。以后冬天我就吃不着糖葫芦了，替我多吃几根。还有洗手间那个热水器，质量不是太好，以前洗澡都是我帮你拔电源，现在你可得自己记得。房价越来越贵了，一块儿努力挣钱吧，总住这种老掉牙的房子会不开心的。”她的头发长长了，戴一顶红色的尖顶毛线帽，身材像田里的稻草人般纤瘦。

过去我以为许微微是个很爱买东西的人，从她熟知各个商场和网店的差价和折扣季就看得出来，但她扔掉的东西更多，而且从不留恋。她永远赤条条地来赤条条地走，她心里的人也是。她也不把北京当成一个停留的地方，这儿只是她走向目的地的一站，随时随地都准备离开。她手里那个盛着感情的杯子，也可以随时随地再次满溢起来。

她渴望一切长久，又不相信一切长久。有一次和男朋友吵架，她夜里两点光着脚穿着睡裙一路哭着跑回来。第二天眼睛还没消肿，又和没事人一样去约会。

我终于知道我们哪儿不太一样了，我以为这个城市是我的家，而她一直找的家在某个人身上。

许微微离开之前，我们在新开业的朝阳大悦城和顾若熙聚了一次，北京的四环外正悄无声息地繁华起来。我和许微微趁顾若熙没到，又一起试了新款春装。

那阵子顾若熙每天都是一副宿醉未醒的状态，连总让人看不透的眼神都涣散起来了。她整日拿着商业计划书，陪着投资人喝完咖啡又喝酒，和中关村一带那群疯子一样，满心想着要搭上互联网创业这趟车。她像是着了魔，开口闭口都是社交媒体营销，无论走到哪里都要拍张照片发在微博上，等着粉丝留言关注。

许微微在饭桌上告诉我们："我去上海，不只是因为爱情。"

我好奇："难道是因为上海？"

"他在上海的广告公司帮我找了一份美术指导的工作，薪水比现在翻了一倍。"

顾若熙抬起头来，还是平日里对待我们的那副清冷素净的模样。"许微微你现在可长大了，知道爱情和现实该偏向哪一边。爱情看不见摸不着，不过工作上如果有明码标价的薪水邀请，自然没必要拒绝。"

许微微走后，我开始习惯独居的生活。一个人进了家门，脱光衣服解开内衣搭扣，再没有人分享不值一提的快乐，也没有人分享淤积在心里的悲伤。

房间里的杂物越来越多，我从网上淘到一个隔壁小区的人出售的二手书架，对方着急出手，售价只有三十块。是宜家那种流行的款式，已经被拆成了一张张板子和一袋子螺丝，我一个人搬不动，又不想麻烦别人，于是借用了卖主家买菜用的带轮子的帆布小拖车，来来回回搬运了三趟。

最后一趟从楼梯上拽着小拖车上楼的时候，我用光了全部的力气。小卧室的地板上，摊开的板材堆得乱七八糟，我不想忍耐这一地狼狈，于是喝了杯热水，咬着牙坐在地上，用螺丝刀按照原先的印记一片片把书架拼装起来。到了最后一个步骤，发现从第一步就装错了，把中间的承重板安反了，只能拆开重新再装。

终于装好的时候已经是半夜时分。晚饭没吃，肚子在咕噜噜地抗议。我去了小区外的便利店，想买点吃的东西，店里只剩下凉包子。店员问我："现在吃吗，要不用微波炉热一下吧？"有小虎牙的男店员大概不知道，那个热过的包子，在我空空的肚子里生出一丝温热。

回家的路上，有个女孩支着三脚架在拍月亮。我站在她旁边，和她一起捕捉着碎银般的月色，她用快门，我用眼睛。这一刻我忽然觉得心里空落落的，我想起许微微在的时候，我们也是这样在疲惫的夜晚，在路边安静地看看月亮，然后嘻嘻哈哈地一起去买零食，一天的辛苦仿佛都在笑声里消失了。

我又折回便利店，想买个冰激凌。店员正往冰箱里摆哈根达斯，我说："我想要两个香草味的。"

"你住得远吗？"他问。

"嗯？"

"还有些剩下的干冰，要不给你装一起，不然到家都化掉了。"

回家后，我打开干冰的包装，用手摸了一下，手指有点刺痛的感觉。我学着《志明与春娇》里的桥段，把干冰扔进马桶里，看着烟雾袅袅升起，一个人蹲在那儿乐了半天，然后坐在地板上，安静地吃完了整整两盒冰激凌。

2

李想打电话找我，他已经从原先的甲方公司离职，趁着北京开足了两千家营销公司的这一年，做了 GW 广告公司的客户总监。

他问："有个赚钱的事你做不做？"

"不做。"我料想他主动找我，没有什么太好的事，某个文件上的东西移动两个字符，就算是上好的任务了。

见我拒绝得干脆，他反而更执着。"你就不问问是什么事情？"

他的咄咄逼人和不依不饶真是一点都没变。

他曾把我害得够惨。去年他离开原岗位，跳槽到GW公司，于是我们迟迟收不到他应该付过来的项目尾款。我从他那里追债无果，新上任的联络人装聋作哑，我不得不在他前一任领导的家门口守了三天三夜，跟门口的卖报阿姨从北京聊到美国，嚼了六袋方便面，悲惨程度不亚于追债的民工。况且他们追的是自己的债，而我追的是公司的，只是为了达到那一年的业绩要求。我深知一个平凡的小员工是没资格提要求的。

李想如今身为客户总监，有什么样的好事情，会想到我这样的小人物，一个刚刚升职都不给加薪的小客户经理？

后来不冷不热说了几句话，我就把电话挂掉了，因为这个时候我都要自身难保了。中介刚给我发来通知，下个月如果再续一年租房合同的话，一个房间要涨三百块。我还没来得及还价，对方又迅速开口："房租再贵，也比房价涨得慢，嫌贵的话自己买个房子住呗。"

一咬牙，我搬去了双井附近的一处筒子楼，一个月一千二百元。距离地铁步行不到十分钟，一个人拥有独立的开间，不必再和陌生的室友合租。

第一天搬进去的时候，穿过老旧的楼道，推开油漆斑驳的大门，一股累积了几十年的霉味扑面而来。隧道一样的楼梯上，电灯的线暴露在外面，黑黑地盘在角落里挂着蜘蛛网。

厨房和卫生间是和邻居一起共用的。到了饭点，从上到下都是葱花在油锅里打滚的声音。一闻就知道，今天三楼炖了排骨，二楼烧的是土豆，一楼做的是香气扑鼻的酱爆鸡丁。我仿佛能看到这里刚建成时，一家五口在余晖中挤在小木板凳上一边举着饭碗吃饭，一边看电视剧的模样。

我着急忙慌地一个人在家里归置东西，灯泡忽然噗的一声灭了。听见手机响，我循着光亮去摸电话，膝盖磕得生疼。

电话是李想打来的。“上次问你的事，要不要考虑一下，恨不得是为你量身打造的好差事。”

黑暗中，我看见一个像老鼠的黑色影子蹿了出去，尖叫一声。

“喂，夏涵，出什么事了？”

“我在家里看恐怖片吓到了……嗯……到底是什么事？”我终于改了口。大概多存些钱就能换个好房子。

“其实很简单，就是最近跟你们合作的那个万千地产的沈姐，下次开会的时候跟住她，看看她离开公司去了哪儿，都做了什么，告诉我就行。”

“你是让我当间谍？这么危险的事？”

“夏涵你真是太高看自己了，这么点小事，不用你也可以找别人。大家公平交易，童叟无欺。”

“小事？这其实不轻松吧，你准备付多少？”

我和他讨价还价半个小时，最终我的坚持坍塌了，以三千元的价格，被李想雇佣为一名“临时工”。没有加薪，星星点点的外快都是好的。

3

“最近筹备的这个推广方案报价太高了，超出了我们万千地产这个季度的预算。”在万千地产的碰头会上，对方的市场部经理点着桌子跟我们说。

“如果您觉得贵了，那还是另找别人吧，我们团队十几个人，大家给您熬夜加班一个星期，不用拿薪水吗？公司里日常的人才培养，我们都不需要付出吗？这世上好的东西永远有价格昂贵的道理，您车位里停的车是好东西，我们的脑子就不是了？”李如云合上笔记本，似乎周围的一切都跟着断了电。她像花木兰一样细长的眼睛微微一斜，轻飘飘地跟我说：“夏涵，咱们还是走吧。”

李如云是我们部门新来的总监，据说在北京长大，在美国念过大学，又在英国读研究生，是李总的一个远方亲戚。她在我眼里是个永远火力全开的人，无论手里拿的是梳子还是鼠标，气势都像随时能丢出一个手榴弹来。

对方的态度又被她的火力烧化了。“李总监，咱们可以再好好商量一下……”

我无心跟随她的指引继续参战，眼观六路耳听八方搜寻李想需要的线索。恰好在这时，李如云说：“夏涵，你来介绍一下我们关于细节的想法……”

这个时候，我刚巧瞄到了有个人穿着耀眼的红连衣裙，风姿绰约地从会议室外面走过去，踩着高跟鞋的脚步声都清清楚楚。没错，那正是李想让我盯住的关键人物沈姐。

“夏涵，你在干什么，听没听见我说话？”李如云催促了一句，盯着我的脸。

我一下子红了脸，只得支支吾吾地回应：“啊……不好意思，李总监，我忽然有点难受，最近加班太多，好像有点发烧了。”

这时，沈姐已经走出了接待大厅的旋转门，扭着屁股上了她的红色奥迪车。

李如云一皱眉说：“过来的路上你还有说有笑的，这么关键的时候你就掉链子？”

我一会儿把手按在肚子上一会儿按在头上。客户对接的小男生看我实在难受，说：“既然夏经理不舒服，我开完会后发会议记录给你就好了，你先回去休息休息？”

李如云瞪了我一眼，我尴尬地跑出去拦住一辆刚刚下客的出租车。“麻烦跟住前面那辆尾号是668的红奥迪。”

司机是个皮肤晒得黝黑，还文过唇线的大姐，她从后视镜里看了我一眼，眉头皱得紧紧的。“怎么，小姑娘？要跟踪小三？”

“不是，看您说的……”

“年轻人碰到什么都不是事儿。无论是一个人还是两个人，都是一样过。有姐姐在，没什么好害怕的……”司机大姐话没说完，一脚油门从两车道的缝里硬是闪了过去，越过夹在中间的金杯，直接跟在红奥迪的斜后方。我的脖子来了几次一百八十度的大幅度晃动，整个人神清气爽。

但是，随后经历了一个小时之久的堵车。当沈姐走进大望路万豪酒店的时候，我从钱包里拿出了最后两张百元大钞。司机大姐跟我说："姑娘，这儿不好打车，我等你十分钟，你要是想走，就回来找我。"

万豪的大堂里有个非常好看的男青年站在沈姐旁边，看上去像个男模特，一身灰色的西装，标准的行走的荷尔蒙。看他放松的状态，不像是来这里开会的商务人士。

我紧跟着沈姐和男青年一起去电梯，鞋底太滑，脚下没踩稳，在锃亮的大理石地上像溜冰一样滑出去一米多远。

荷尔蒙先生非常贴心地用手挡住电梯门等我站稳，我感恩戴德地抬起头，沈姐忽然问我："小姑娘，去几层？"

我犹豫着不知道怎么回话，看一眼电梯按键，顶层是二十三层。"我去二十三楼。"

随后我发现，没有房卡是无法按亮楼层按钮的。我从镜子一般的电梯墙上观察着两个人，只得说："哎呀，忘了带房卡，和你们一起下，我去找下服务员。"

二十分钟后，在楼下的保安室，保安大哥瞅着我说："你是来干啥的，你要不说我把你送派出所了。我们这一路都有监控，你从进门我们就盯上你了，鬼鬼祟祟地跟踪我们客人，这是犯法的你知道吗，不说我报警了。"

我感觉自己的脸烫得往外冒热气，颜色跟一整盘腮红洒下来了一样。说吧，确实没什么可承认的。不说吧，似乎真的像个小贼。

“她是我朋友，这是个误会。”

万万没想到，沈姐会出来帮我解围。

沈姐的脸一看就做过长期的保养，脸颊和额头都闪着光泽。那是昂贵的美容院年卡带来的效果，但开始下垂的眼皮出卖了无法隐藏的年纪。

她带我来到大堂的水吧，点了壶伯爵茶。我此刻局促得恨不得变成一条绳子，从地上被风吹出去。这一刻让我想起过去每个被揭发的时刻，比如上高中时为了数学课多拿几分，偷偷向隔壁班借来上一节课刚考过的卷子，问课代表正确答案的时候，被老师远远地看见了。现在回忆起来，就像头顶有双手在紧紧拽着头皮。

沈姐把手搭在膝盖上，两只手的食指上都戴着宝石戒指，她开门见山地问：“是李想让你来的吧？”

我硬着头皮分辩道：“李想是谁？本来我是来找朋友的，可是走错了地方。”

“是吗？是做什么的朋友？”

我编不下去了。“就一般的朋友。”

沈姐嘴角上扬，轻蔑地笑。“你是莫玛广告公司的吧，来开会的时候好像见过你一次。”

我以为沈姐会冷嘲热讽几句，但她下一句话却是：“不知道你和他是什么关系，我就直接说了吧。李想是想跟我谈一个难搞的项目，基本把我从小到大的老同学、老相好，甚至前夫都调查了个遍，恨不得装个摄像头天天盯着我。前一阵子去泡温泉，我说怎么总有个服务员跟着我，工作服都穿错了，后来盘问了那姑娘才知道，她哪儿是温泉中心的服务员，就是李想出钱雇的人。现在又来了一个你。”

我该感谢已经身处上海的许微微，因为在我无言以对的时候，荷尔蒙先生过来跟沈姐说，会议马上要开始了。沈姐低头看了看裙子，上面沾了滴圆形的油渍，大概是方才吃早餐弄上的。她想换条裙子再去，可一时也没有合适的。

我记起一次自己的衣服上也沾了烤串的油渍，恰巧要赶着外出开会。许微微跟我说，用香水喷上去擦一擦就可以。我问沈姐包里带没带香水，又帮她把油渍擦干净。

沈姐瞪大眼睛问我：“这么神的法子怎么学会的？”

我说：“我没有一柜子的衣服，可以随时拿出来换。”

沈姐离开前留了张名片给我。她说：“小夏，我知道你一个外地人来北京，有野心，也想要很多的东西。不知道李想许诺了你什么，但这个地方诱惑太多，不见得你舍得放下什么，就一定能得到想要的。”

我的嘴巴像是糊住了一样，勉强挤出“谢谢”两个字。然后沈姐大大方方地说，回去复命吧，那小帅哥是我的秘书，不是什么小情人，而且关于项目，也没有更多合作的可能，让他别总想着抓我的把柄了。

李想从不准时吃晚饭，他的晚饭可以是下午五点到凌晨五点之间的任何时段。

这天晚上八点多，他忽然打电话说：

“一起吃个宵夜？”

“我还是不去了吧。”

“怎么了？”

“没做成你安排的事情，没脸吃你的饭。”

“这不是雇主和员工吃的饭，是好朋友一块儿吃的宵夜，行不行？”

“你还会问行不行？这种有商有量的口气是你李想会说的话？”

“你别存心找茬好吗？吃小龙虾这种事，一个人去排队未免太傻了。吃瓜子连个伴都没有，何况现场也没有相声听。”

我和他在簋街大排长龙的小龙虾店门口坐着，用手机放相声听，一边听一边嗑瓜子，椅子下面吐了不少瓜子皮。

排到位子，小龙虾上桌后，他问：“你也喜欢郭德纲？”

“日子已经很苦了，忙里偷闲的时候总得有人让我笑笑吧。”

“日子怎么又苦了？”

“你能不问吗？你让我去跟踪沈姐，还被她发现了，出了这么丢人的事，让我以后怎么跟他们开会。他们现在是我的客户啊，是永远正确的甲方！”

李想看着我一边剥小龙虾一边诉苦，捂着肚子咯咯地笑。“对啊，他们不让我赚钱，可不就是要缠着他们不放。”

我不禁问他：“为什么拿不到项目？”

他说：“大概是因为我长得太好看了，合作的话，会让他们公司的人无心工作。”

我没心思听李想跟我开这些没意义的玩笑，我看着他的脸，他到底是个什么样的人啊？

我回忆着那件事发生后，顾若熙在喝闷酒时给我讲的李想的事。他上大学时是个腼腆到读课文都会脸红的文科男生，加入了诗歌社团，留着和现在一样的长发，手里拿着《海子的诗》，觉得自己以后也能做个风情万种的诗人。他读大学后便没跟家里要过钱，自己硬着头皮往前闯。那时候有个富二代和他一起追顾若熙，他看人家每天买小礼物，也想努力挣钱送顾若熙东西，便跟几个同学在学校门口摆摊卖碟。没赚到多少钱，就有人来收保护费。他们气不过穿着军大衣挨冻挣的钱这么拱手送人，在对方又一次上门的时候动了手，一开始是小打小闹地推搡，后来是各自拿着捡来的水管干架。警察来的时候大家一哄而散，只有李想慌忙去收用半年生活费换来的货物，代价是进了局子。后来他休了一年学，比顾若熙晚一年来北京，他用这一年时间辛辛苦苦把剃光的头发留回来。

但顾若熙和李想这一对儿，谁都不舍得退后一步，终于在争吵不断的半年后选择了分手。等到李想再次出现，她和李想为争夺客户成了对手，不久摇身一变成了合作伙伴，随后又做了陌路人。大概这个城市的魅力就在于无穷无尽的变数。

顾若熙跟我说，李想想要的东西总要想方设法拿到手，他生怕别人把他那份抢走了。她告诉我，李想也曾拿走过她的全部感情，最后让她空荡荡地只爱自己的工作，成了个清心寡欲的人。

嬉皮笑脸之后，李想又一本正经地问我："你有没有想过来北京以后的生活是什么样？反正我看你这样，对目前的情况好像不太满意。”

“美豪公司”四个字在肚子里打了几个转，我明知说给李想听也没什么用，可也要大声说给自己听。

“我就是想进美豪广告。”

“那你做外援帮我干活吧，等我满意了，就推荐你去美豪。那公司不接面试的人，内部推荐比较靠谱。”

“那就这么说定了。”

我不想再犹豫了。美豪广告就是我心心念念想要得到的那块大奶酪。

美豪是北京最好的广告公司，他们做世界顶级品牌的广告，有不少员工的名字能铭记在广告史册里。在很多一线的行业交流会上，第一个发言的都是美豪公司的人。进了美豪，我也许能像站在三十层的酒吧窗前那样，俯视着远方浮动的灿烂光影，比在任何地方都要闪闪发亮。

然而现实的无情之处在于，美豪广告只招收名校毕业生，最好是有海归背景，这条规矩早就把我这个普通本科学历的人的路堵死了。

我说完摘下一次性手套，忽然觉得汗水流进了眼睛里，不禁用手去揉，哪知道手指上沾了辛辣的油脂，辣得眼睛哗哗流泪，越揉越疼。

李想盯着我笑，脸上写着“夏涵，你真傻”。

4

周一早上，CBD 地区的会议室里大概都在上演腥风血雨。我刚在冰凉的皮椅子上坐下，隐含着狂风骤雨的乌云就要来袭，窗外的每一寸风景都成了煎熬。

媒介部的总监杰西卡问我："夏涵，你们客户部给万千地产的报价，不考虑我们部门的利润么？"她的口红总是涂到嘴巴外面，让我看着浑身不舒服。

我把她扔在面前的报价表看了一遍，发现利润比例是李如云在我提交后又修改过的。

我只得说："这是李总监修改的，你要不然问问她？"

杰西卡拧了拧脖子。"瞧瞧你们客户部，才几个人就各自为政啊，我只知道这是你们部门交出来的东西，我管是谁修改的？"

半小时后，我又站在李如云的办公室里挨骂。她说："你连这点小事都不能摆平媒介部，当时是怎么让李总给你升职的？你自己考虑清楚，到底还要不要在我这里做？"

需要争夺利益的世界里，前一步后一步都写着危险。杰西卡有她要维护的利益，李如云也有要守护的声誉，而我还没学会怎么护住自己那一小块田地。

我转眼看看部门新入职的几个实习生，他们穿着不合身的西装上衣和西裤，无论起身做什么都僵硬得像机器人。

他们看着我，满眼好奇。他们初次接触这种场景，还需要我站在前面，成为一张至少看起来坚定的翅膀。那大概就是我当上公司最年轻经理的意义：无论外面是刮风还是下雨，都得从角落里站出去。

中午李如云喊我一起吃饭，她说："夏涵，你是公司里表现最出色的员工之一，希望以后大有作为，今天的事就先过去了。"

港式餐厅的午餐桌上都是大同小异的菜，来这里的人大概没几个有心情品尝滋味。我吃了一口叉烧饭，说："不能就这么简简单单过去。"

她反问我："那你想怎么样？"

"总得有个解释吧。"

她说："要什么解释呢，一个公司里哪有那么多能解释的事。你以为我愿意来莫玛公司吗，我在英国的好工作正要升职，家里硬是要我回来。回来才知道，我读书的时候，我爸出去赌博输光了家底。我妈没法子还债，我的未来全毁了。夏涵你别觉得这里有什么不公平，这世界也欠我一个公平好吗？"

"先别说这些，改报价的事是怎么回事？"

李如云说："这是我来公司的第一个客户，别的公司报价和我们一样，我不多吐出一点利润去，怎么留住他们？"

原来每个人都有要保护的，要得到的。杰西卡每个月要咬着牙为郊区的新房子还房贷，李如云要为了生计保住她曾唾弃的饭碗，那么我总要为今后每一个也许奢望而不可得，仰望也不可见的梦想，为了自己那想光鲜一点、骄傲一点的小小野心，不顾一切地往前走。

橙子联系我的时候，我才体味到老北漂说的“北京就是围城”的含义。许微微走了，新的人还是会源源不断地来，想来这里找到藏着未来那颗珍珠的蚌壳。

她发短信来问我，是否可以借住在我家。在思索的片刻里，我的耳朵里响起了那个永远以无规律的频次滴水的水龙头的声音，眼前出现了天天路过的摆着发霉旧椅子的楼道，鼻子里也仿佛闻到了公共厨房那熏烤几十年的油烟味。

那和我对橙子描述过的北京不一样。春节时的同学聚会上，我眉飞色舞地跟他们形容这个城市：街道宽得一个红绿灯的时间只能跑一半，二环外到处是新房，三环外都是正在建的工地。从东三环到西三环的时间，够把我们那个小城转五圈。我用细密的筛子，把那些零零散散的苦楚和不堪都滤掉了。

单薄脆弱的虚荣心，让我对这个从来没欺骗过的好友撒了谎。筒子楼里每一处捉襟见肘的秘密让我张不开嘴。

我回复短信：“抱歉了，家里可能没有地方，我帮你问问别人？”

橙子是个聪明绝顶的姑娘，她一定知道“我帮你问问别人”的意思，就是我帮不上你，但希望你能理解我的苦衷，和女孩用没洗头当借口拒绝别人的约会一样。只是所有的谎话都有被晾在太阳底下的那一天。

橙子当天下午出现在公司前台，撒着娇说要找我。她是真的无处可去，硬要装作没听懂我的话。

她说是从我给的名片上找到地址过来的。我也想问问自己，春节那会儿为什么要特意给他们印着“客户经理”的新名片。

她披散着染成浅黄色的长发，站在并不轻盈的行李旁，那个笨重的旅行箱里应该塞满了不甘愿，其中大概有她苦恋三年没有修成正果的爱情结局，也有她茫然地进报社做了两年记者的时光。每天别人都把不想跑的采访扔给她，她一个人回来加班写印在报纸上的小豆腐块，还要署上别人的名字。

这一刻的橙子和二〇〇六年的夏涵没有什么两样。拖着那个行李箱走过的路，就是我们已经切断的退路。

“等我下班一起回家吧。”我对她说。

在路上，我告诉她：“这儿的菜市场卖沾满了芝麻的椒盐烧饼，比家里的大饼好吃多了。去买肉的时候，肉贩子可以帮你切成小片，回去直接炒菜吃。连老家早就被投币车取代的售票员都看得见，无论去哪儿，她都能看着手里的地图告诉你路线。”

我和橙子坐三轮车回家。下车时，她看师傅的衬衣破了，给了他五十块钱，说：“不用找了。”我说：“十块足够了。”她笑着说：“没关系。”

除了光鲜的那一面，我免不了要告诉橙子：“我家里特别破。”声音小小的，不愿让她知道，骄傲的夏涵会用那么不堪的一个词形容自己的家。

说到有多破，旧床板坐下去会咔咔响两声，公用厕所的灯泡得用一根黄色尼龙绳拽亮，水泥楼梯每一级台阶都有豁口。还有那些穿得鲜艳夺目的邻居大妈的白头发，时时刻刻提醒着这个城市的角落里已经逝去的过往。

橙子满不在乎地说：“你能住，我怎么不能住？”

“那房子跟你从小住的四室两厅可不一样。”

“你把我当什么人了，我在德国念书的时候，花光了生活费，还不是天天酸白菜就土豆泥。”

从这天开始，橙子成了我的新室友。她不怎么会做家务。我并不觉得她有什么错，因为她有个好爸爸，更有个好妈妈。我们一同读小学，后来又上了同一所高中，她爸爸的司机常接我们放学，那时一辆有四个圈车标的奥迪行驶在街上，会惹得路人频频回头。坐那种车对我来说是极难得的，在她是再平常不过。我们去她家玩，她当家庭主妇的妈妈端来牛奶和饼干，一度让我十分羡慕，因为我得饿着肚子等下班的父母回家，才有敷衍了事的饭吃。

上晚自习的时候经常觉得肚子饿，橙子就拿出她妈妈塞进书包的小蛋糕，和我一起分享。我们躲避着班主任的视线，把头埋进胳膊肘里吃蛋糕，碎屑掉得满桌子都是。

我曾经以为有这样香喷喷的幸福的人不用学会长大，也不用学着坚强。她对生活的一切美好幻想都该像童话故事一样保护起来。

可橙子好像不太满意不会做家务这个缺点。

早晨我还没起床，等着第二次意味着不得不起的闹钟响起来，就听见门外的邻居阿姨尖声喊：“哎呀，你这小姑娘也真是的，差点烫着我们家孩子。”

“真对不起，阿姨。”随后橙子灰头土脸地推门进来。

她皱皱眉。“我原本想给你煮杯牛奶，哪知道锅子一直往外冒泡泡，小孩子不懂事想过去玩……”

门外路过的阿姨们又开始议论：“什么阿猫阿狗都来租房子，

咱这老房子给弄得乌烟瘴气的。”

我一骨碌坐起来，摇摇橙子的手。“没什么，谁以前用过这么吓人的厨房。我第一次做菜，身后有个爷爷突然跟我说盐要最后出锅的时候放，吓得我酱油都放多了。”

橙子一边擦刚才被烫红的手，一边跟我说原来北漂是这样。我笃定那一刻她是后悔了，后悔拎着行李箱不管不顾地过来。

这天吃晚饭时，在外面跑了一天的橙子有点感慨地说：“这大概就是北漂的成长方式吧。我们落在偏僻的地方，好像一颗种子一样，沉默地慢慢发芽，等着从土里钻出来开花结果。谁知道自己现在是什么样的种子呢，哪怕被踩来踩去，将来还是要长大的。谁知道我们以后能不能住进对面那个电梯入户的高级小区？”

远远望出去，对面的小区正在施工，还看不出电梯入户的花园洋房是什么模样，路边的广告牌把“电梯入户”四个字放大到摘掉近视眼镜都能看清的程度，隔着一座城大概都能看见。

但对于那时的我们来说，一切都很遥远，无论是不再为钱烦恼的生活，还是升职加薪的梦想，甚至是关于婚姻的柴米油盐和大概要还上一辈子的房贷。

对于花园洋房，我们只有资格仰望，正像我们在家乡仰望都市，在都市仰望不可触及的未来。

5

橙子又在家里搞出麻烦的那天，我在公司过得也不怎么顺利。

先是被喊进李如云的办公室，听她说我带的实习生做的数据表漏洞百出，证明我没有领导能力。随后我破格升任最年轻经理的历史又被她拿出来质疑。

因此我不得不在办公室加班到半夜才收工。这些甚至成了她要赶我走的理由。但我不恨她，听了她对这家公司的满腔怨恨，我觉得自己的好运气应该被她嫉妒。

我现在至少是如了自己的愿，得到了一张写着经理头衔的名片。在她办公室失去的那一点自尊不算什么。她为了家，还有很多要奉献的东西。

为了自己而活的人，比为了别的而活的人都厉害。

到了家门口，李想打来的电话给火上浇了一把油。他说："把你们公司最近给万千地产做的方案给我看一下。"

我想都不想就说："这是商业机密，怎么能给你看？"

然而他无所谓地说："夏涵，在这浑水里活着，你以为有规矩的人能活下去？有规矩的人都在规矩里面陷着。"

"我不想这么不规矩地办事儿，我想踏踏实实的。"

"真正一飞冲天的人，有几个踏实走路的？"

"你以为你真的一飞冲天了？什么都有了，你就赢了？"

"一步一步走的是白龙马，孙悟空才会筋斗云。"

我说："那祝你大闹天宫顺利。"

李想说："你这个废物。"

我把手机挂了，狠狠地塞进口袋里。

打开门的时候，橙子不在家里，那时我还没意识到，这是一整夜的麻烦的前奏。

晚上筒子楼的楼道通常都安安静静的，老年住户休息得早。可那天却一反常态，大家都围在公共厨房外。我挤在人群中往里看。厨房的墙壁和屋顶被熏得乌漆麻黑，空气里都是焦糊味，仿佛成了一处能避难的防空洞。

但在这防空洞中，橙子正瑟缩地站着，找不到地方藏身。

一个老太太眼角耷拉着，开腔说："早上你烧牛奶，差点烫到我孙子，晚上一个不留神，你这是要把房子给点了啊。"

我挤过去，把窘迫的橙子往回拉，身后又有声音说："别走，墙弄成这样，你们就不管了？"

橙子气急败坏地说："不就是赔钱吗，要多少，说吧！"

"小姑娘你怎么说话呢，把我们当什么人了！"

我知道橙子不喜欢这样的场面，她脸色难看得像烂掉的茄子。小时候我和别人吵架，她都像个大姐姐一样挡在我面前，把那些企图撕扯我书包的坏小孩挡住。当我终于松一口气的时候，她才回过头来捂着脸哭。她其实是怕的，却不让别人知道她的怯懦。

这一次挡在前面的人该换成我了，哪怕只是早来几年，我的"履历"也要比她长得多。于是我拦在橙子身前，对那些阿姨和奶奶们说："不然呢，你们想怎么样？"

老太太说："你房东是不是姓张？让她过来。你们要不赶紧找房子搬走吧。我们这本来住得好好的，就是你们这些来租房子的，整天搞得我们鸡犬不宁。"

“我们怎么让你鸡犬不宁了？”我忍不住回了一句。一个穿粉色绒线衣的老太太站出来。“小姑娘，我们都有神经衰弱，你们这天天半夜回来，丁零哐啷地上楼，我们连个觉都没法睡。”

“你们早晨还跳广场舞呢，天不亮楼下的音乐就响起来，这噪音的程度都可以找环保局了。”橙子在我身后接上了话茬。

“现在的年轻人真是无法无天了，来跟一群老头老太太叫板。有本事你买个房去呀。”

围观的人群外面又有个公鸡嗓冒出来：“好了，没完了？要不报警找警察来吧，估计她们也没暂住证。”

那一瞬间，我的嘴巴和腰板一起失去了力气。

这时，一个老头从走廊尽头的房间走出来，他是耷拉眼的老太太的老伴。“王大姐，你刚才说你神经衰弱是不是？你看看我这个？”老头手里拿了一个药盒子，说，“这是我儿子给买的螺旋藻，据说什么营养都补，我吃了以后一觉睡到天亮。”

粉红绒线衣老太太也过来了，拿着盒子看。“这个多少钱？你儿子不是出国了吗，一定是当律师挣了大钱，我那儿子现在三十多了还在家里吃闲饭……”

我和橙子一下子没人理会了。正在这会儿，一个声音从楼下传来：“哎哟，这是谁家的狗跑出来了？”

几个老太太开始絮叨起来：“出门忘了关门了，是不是我家乐乐？”“真是的，还以为它不会跑出去……”

李想在楼道下面给我们使眼色。我和橙子下了楼。

我问："你怎么来了？"

"你傻啊，刚才你手机一直没挂断，我听着怎么有人吵吵，估计你这脑子离出事也没多远了。"

他带我和橙子一起去吃宵夜，走在我们前面。我跟在后面，望着路灯在他的轮廓周围罩上一圈柔软的光。

我和橙子从坐下就没怎么说话，一直不停嘴地吃。火锅店热热闹闹的喧哗都成了背景音。李想说："两位大小姐，怎么都这么饿？慢慢吃，肉还有。"

"谢谢你。"橙子把漏勺递给他，示意他自己捞眼前浮起来的虾滑。

我不禁问了一句："手机没挂，挂断就好了呗，你怎么还特意来一趟？"

"主要是里面还有人对话，我就特好奇……"

"你的窥私欲还真是特别强。"

"哪有，我这不是关心你嘛，你要是有个三长两短，谁来帮我干活？"

他说话的时候，我正在用筷子夹一个牛肉丸，他话音一停，刚夹起来的丸子又掉下去。油点子溅到他身上。

我赶紧拿纸巾给他擦，怎么也擦不干净。

"你干脆把我也放锅里涮了吧——"他话还没说完，服务员小姑娘看到我在疯狂地扯餐巾纸，热情地问："有什么能帮您的？"

李想说："那个……她们俩爱吃你们那个虾片，待会走的时候帮忙多装两包。"

回来的路上，我和橙子一人拎了一大包免费的虾片，嘎吱嘎吱地吃，像小学生春游似的。李想半路上硬是敲开了一家已经关门的家装店，拎回三桶白涂料。回家后，我用桌上放了许久的晨报仔仔细细给他折了顶帽子。他撸起袖子就开始调涂料，然后拎到厨房去刷墙。看他娴熟的粉刷手艺，好像他一个客户总监，曾经也做过专业的刷墙工人一样。

我问他怎么什么都会做。他说："你这点小事跟我刚来北京过的日子比，只能算得上是佐料。"

干了大半个晚上，厨房总算看出点模样。李想捶着胳膊回了屋，把纸帽子摘下来，随意窝成一团扔在地上，我小心地又捡回来，回房间把皱巴巴的报纸压到了床垫底下。

"那破报纸还要收藏？"他奇怪地问。

我说："上面有个广告文案是我写的。我写的东西第一次被那么多人看见。"

李想抱着肚子，一直笑到弯着腰说不出话。

那一晚橙子很沉默，我胳膊肘下面湿漉漉的，橙子安安静静哭了一整夜，枕头上都是她的眼泪。

看见橙子哭，我也忍不住要哭。这个年纪的姑娘，情绪时时刻刻都是满满当当的，随便一个按钮按下去就像泄洪般流淌出来；也时时刻刻都是委屈的，为了笃定的目标而委屈，也为了感到的无力而委屈。

哭够了，橙子才告诉我，她为什么要带着沉甸甸的行李，毫不介意地住到我这筒子楼里寒酸的小屋来。

橙子家在一年前就没了小时候我见过的大房子。做外贸生意的父亲进的货出了问题，被海关扣掉，本以为想办法总能解决，哪知道拿房子抵押来的钱赔得血本无归。墙倒众人推，许多债主一夜之间找上门，橙子说她看见爸爸一晚上白了头，随后就出去躲债。偶尔打个报平安的电话，一会儿在贵州，一会儿在黑龙江。妈妈受不了债主一天天的骚扰，患了抑郁症，搬去年迈的外婆家住。那个能做出精致糕点的女人，用圆圆胖胖戴着蓝宝石戒指的手端牛奶的女人，从那扇保护了她许多年的门里走出来，还是被外面的尖牙利嘴打败了。

橙子没打算接着走妈妈那条路，当家庭和爱情一起坍塌的时候，她想过躲回德国，想过和爸爸一样躲到偏远小城，选项一个个排列在她的脑子里。

随后她在匆忙整理抽屉时，看到了我名片上那个北京的地址。她想，在这样一个庞大而陌生的城市里，或许能尽情地隐藏自己的秘密，抹掉自己的过去。

橙子原本是这么打算的。可当她把筒子楼的公共厨房熏得黢黑之后，她发现自己还是带着母亲那种娇气。

橙子跟我说："夏涵，我什么都做不好，我的生活完蛋了。"

"你要跟我比惨吗？"说完，我把床底下几张薄薄的报纸拿出来给她看，其中有一张还带着李想滴上去的涂料，"我当初来北京是想当个了不起的广告人，可现在只写过报纸上的广告。除了我会摆在桌子上仔细看，谁知道那段无聊的房产和家具促销的文案是我写的？我只能当个连加薪资格都没有的客户经理。我也想闪闪发光地被人看见，像小时候考一百分那么骄傲，可现在连被人打分的资格都没有。”

橙子不再哭了，女人之间互相诉苦，就是为了发现一个比自己还值得同情的人。

6

橙子找工作的那段时间，晚上回家很晚，我一个人披着睡衣坐在床上帮李想写公关稿，或者改他发过来的需要修改的方案。我一出错，他就打电话来说：“你以为努力是很容易的事吗，你现在做的事太轻易了吧。”

李想对于工作上的任何疏忽都不能原谅，一如他一开始在周末吵醒我，让我起来改两个字符的位置。

橙子回来得虽然晚，但天天一大早就起来。我们俩都疲惫到把对话简省成了早安和拜拜，偶尔坐在贴着陈旧的米老鼠贴纸的餐桌前，默默无语地吃个早餐。我们已经开始在桌上摆切片吐司之类的方便食品，很少吃需要现蒸现煮的东西了。

她找到工作的那一天兴奋地冲着我笑，没说太多的话。但我从她的眼神里明白了她想说的。她想说，夏涵，我明白你当时不愿意让我来你家的原因了，也知道你在聚会的时候为什么要让我们看名片了。

我猜她也乘着曲曲折折的地铁，从一个公司赶去另一个公司，发现其间的距离要花费一个多小时在路上，听地铁里冰冷无情的报站，然后坐在办公室里把自己当成商品跟 HR 讨价还价，这一切都跟电视剧里见过的从容搭不上关系。

入职后不久，橙子便说要搬离筒子楼，住到男朋友家。介绍她的男友老广给我认识的时候，她刚刚从试用期转正。

她搬家后，我从她的枕头底下发现了一个塞着两千块的信封，里面留了字条：夏涵，最近给你添麻烦了，这些就当作房费吧。

老广是她画插画的那本家居杂志的主编。她靠在那个戴四方眼镜的小眼睛男人身边，跟我说："夏涵，这是我单位的同事。"她还带着往日的羞涩，哪怕对着我这样的老朋友，都不会大大方方说出"男朋友"、"对象"一类的词。

橙子的初恋开始于十五岁，那时候她也是一脸羞涩地喊我一起去喝珍珠奶茶，给我介绍她在物理补习班上认识的男生。那时她的介绍是：夏涵，这是我补习班的同学。

十年后的现在，橙子从河北小城一个物理不及格的美术生，变成了北京一个月薪四千的手绘插画师。一起逛超市的时候，她给我补齐了故事开头的部分。

她第一天入职，晚上公司照例有欢迎新同事的聚餐。大家在日料店喝清酒，橙子离开小包间去洗手间，过了半个小时都没回来。老广被部门同事派出来找人，发现橙子晕晕乎乎地靠在餐厅进门处的沙发上，手里拎了一包辛拉面。老广扶她起来，问她是不是没吃饱，她说不是，刚才出门买的，想给大家煮面吃。橙子想用热着寿喜烧的那个小锅子煮，但连面饼都塞不进。老广真的在同事们好奇的目光中，向服务员要来一个小小的煤气罐炉子和大一点的锅，让橙子煮面。橙子笨手笨脚地煮好，看着老广稀里呼噜地吃没被开水泡透的面条，忽然觉得分外感动。

和老广第一次吃晚饭时，老广跟我说他们需要一个兼职的撰稿人，问我是否愿意试试。橙子在一旁打边鼓说："夏涵以前在我们班里，每次作文都被当成范文来读。"

但我觉得学生时代的一切荣耀都不作数，毕竟我如今的处境算不上任何人的榜样。

吃完饭我们一起上了老广的车，他居然先送橙子回去，说了句"记得把洗澡水烧好"，然后再来送我。

他问我目的地在哪儿，我同样没说出筒子楼的坐标，地址报的是附近那个足足有二十四层的高端小区，电梯入户小区的隔壁，和平日里加班打车时跟司机报的地点一样。

老广说："我小时候就在这一片长大，和邻居家小孩到处跑的时候，那边还是一片小平房，哪想到现在成了这副样子。北京一年一个样，地产商们拼了命地改造，我都要认不出来了。"

我们一起看着三环两侧的一盏盏路灯远去，目光没有交汇，从橙子的事一直聊到日常工作。准备要下车的时候，他还是锁着车门。

黑暗里，我奇怪地看着他。

他把手按在了我左手的手背上，大概知道我会抽回去，所以按得很用力。

我脸上维持着好奇他要做什么的表情，放弃了挣扎，安静地盯着他挑衅的眼神。

最后他妥协了，松了手。我打开车门下车，他放下右侧的车窗朝我喊："夏涵你那么有才华，要加油啊。过几天我让专栏编辑联系你。"

我仰头看看眼前没有空间容下我的陌生高楼，等车驶远了，再返回筒子楼。身边路过的三轮车轮番问我要去哪里，说要便宜载我一程。好像过了十二点以后，那些闪光的魔法都消失了，我也该灰扑扑原形毕露地回去了。我一路上都在想，想多赚一份兼职的收入，真的要出卖一只左手或者更多的东西吗？

回家后我给橙子发短信，说安全回家了，谢谢你和老广。

"谢谢"那两个字，代表了很多言辞，但没有最后关于左手的冲动。那让我非常自然地回忆起何奇，他所有的欺骗和背叛，是不是也是从一只不老实的胳膊开始的？

第二天上班，又收到了老广送来的一捧玫瑰花，用淡紫色的纸包着。我顺手扔在了垃圾桶里。

7

陷在热恋里的橙子连跟我发短信抱怨工作，都恨不得带上"忙完要去约会"几个大字。她的微博上有红螺寺门口的合影、南锣鼓巷的小吃，也有在五道营的咖啡店捧着提拉米苏的亲昵。太久没谈恋爱，我都快忘记那种用甜蜜掩盖心酸的感觉了。

又到了公司季度考评的时间，我记录在案的项目业绩还差二十万元的流水额度。在之前的季度大会上，李如云几乎要把我评价为虚张声势的无能之辈，我惨不忍睹的业绩似乎成了这个结论的有力证据，让周围的人都信以为真。我的日常沟通也因之变得更加艰难——那些人在开口前就已经想到，没错，夏涵就是那个爬得比谁都快，但是空有头衔的人。

在这样的时刻，我也会陷入严重的自我质疑：别去想美豪广告公司的事了，你以为你是谁。在对自己的评价上，我在潜意识中还是不知不觉地站在了大家的阵营里。

而这一次，李如云却说出了我从来没想到的话。

她站在李总面前说："夏涵最近进步很大的，虽然这个季度差了一点点，但是一直在为万千地产的方案努力，也许很快就能补上来。这件事务必要让她负责。"

我坐在长条会议桌另一边，瞠目结舌地看着她，心突突跳着，这赞扬仿佛成了一粒我承接不起的兴奋剂。

回工位的时候，坐在旁边的两个实习生对我说："夏涵姐，李总监今天很反常呢。"我除了催促他们继续修改万千地产的策划，不知道该说些什么。

本来我是想在莫玛公司里做个好人的，在别人的项目出问题时留下来一起帮忙，无论媒介部怎么发牢骚，都愿意赔笑脸。至少我理解李如云为了挣钱已经不太平衡的荷尔蒙，也理解实习生迫切需要转正留下的焦虑。

但跟李想见面的时候，我的想法又开始动摇了。

他甩了甩马尾辫子，把脸上轻浮的表情收起来问我："你知道李如云吃里扒外么？”

我不知道，其实也不怎么相信。李如云和莫玛的李总恨不得像一家人，这里给她的好处一定比别家多。在一个所有人都虎视眈眈的地方，谁还不把现实摆在第一位？

我问：“你难道是要我也吃里扒外一把？”我忽然想起李想一直在要我们莫玛公司给万千地产写的方案。

李想忽然把脸凑到我耳朵旁，我能闻到他身上清淡的香水味。我羞耻地发现，自己的心跳变快了。在即将听到一件不能见光的事情时，我开始担心他也能听到我加速的心跳声。

李想顿了顿说：“你那么紧张做什么，难不成你和李如云是一伙的？”

我摇摇头。

他又说：“我难道好看到让你嫉妒？”

“说正经的，李如云怎么了？”

“她啊，反正我听到一些不好的消息，不然也不会来问你要那个。你要是觉得这东西很重要，不给就算了。但是要记得，你明年还想去美豪广告。”

“美豪公司不会要吃里扒外的人。”那一刻我输给了正义感。

但是两天后，我把存在小组群里的创意方案考进了U盘，带回了家。让我认输的，是拿着合同去找李总签字时，不小心从门缝里听到的他和李如云的对话，确切地说，是长长的对话中的一句。

李如云说：“反正部门明年要解散，夏涵加薪的事就先放一放，都要年底了，她辞了职能到哪里去。最近多哄她开心，公司的其他项目至少有人做。”

回工位的几步路走得格外沉重，我不知道是该高兴还是该难过。我可以忍受疲惫，忍受不公平，忍受艰难，却不能忍受隐瞒。我对于不真诚的痛恨超过所有苦楚的总和，无论对方是爱人还是同事。

我发出邮件的时候，李想给我回了一条短信：夏涵，你会成为你想成为的人。

我闭着眼睛，想象他坐在家里的办公桌前，被台灯映照着的半明半暗的脸。我居然开始喜欢他那种看不透的笑容了。

我紧张地等待提案这一天的到来。

跟李如云去万千地产的路上，她在出租车上问我：“这项目跟了这么久，到底希望不希望拿到手？”

我说当然。李如云脸上却划过一丝浅浅的不安，然后她把视线投向窗外。

没有想到这一次，万千地产会让三家公司一起现场提案，抽签选择顺序。第一家是GW公司，来的人是李想。第二家是易勇公司，第三家是我们。李想坐在和我一桌之隔的正对面。他的马尾绑得利利索索的，灰色的衬衫袖口别着精致的白金袖扣。提案还没开始，他就一副反客为主的姿态，把手臂环抱在胸前，对在场所有人客气地微笑。

他在拿投影仪连接笔记本的时候，飞快地朝我摇了摇头。

之后的半小时里，李想的提案非常精彩，把我们原先的想法远远甩在后面。我全程只有一个念头，怎么会有他这样一眼看上去就有广告大师气质的人，我再花五年的时间也赶不上他。整个提案过程中，他自己的气场仿佛给他打了聚光灯，我们台下的人都成了隐藏在暗处的观众。

这份崇拜的余热还没褪下去的时候，易勇公司的提案开始了，竟然从创意到资源都和我们一模一样。

我几乎听到李如云的骨节在咔咔作响，她冷着脸直接站起来，提出退出提案，拉着我走了。

这件事成了莫玛公司的奇耻大辱，在未来五六年的时间里，广告圈大大小小的会议室里都提到过，传言甚至还五颜六色——知道那家后来因为地产客户都不做了而倒闭的莫玛吗，他们有一次提案内容外泄，直接从现场被赶走啦。

8

橙子过生日那天，我把信封里的钱拿回去还给她。我纵使爱钱，想加薪想疯了，也不能因为让她在家里睡了几天，就收她的房租。

橙子说："知道你缺钱，还不肯说。现在我涨工资了，房租该给你就得给你。"她把信封塞回我怀里，但我还是拒绝了。

"我怎么能收你的房租，而且也算不上房租，顶多是半张床的床租。"

趁着老广走开接电话，橙子悄悄拉着我说："夏涵我知道你对我好，以前不想去上奥数补习班，还多亏了你收留我。现在大家一出门，都成了被风吹出来的蒲公英，我们没退路啦。"

我知道橙子不容易，她承受着家庭的剧变，体验了一家人从豪华的房子搬进老旧小区的滋味。她曾是个可以轻轻松松走上塔顶的人，但命运随意翻个身，她就和我一样一无所有。

当天，我们和老广一起去使馆附近的小胡同里吃日料。橙子和老广撒娇说吃不饱，还要去吃烤串。理由是吃日料太紧张，害怕哪儿做得不对被人笑。刚才我其实看到了，老广用寿司有米饭的那一面去蘸酱油，他和很多不常吃外国餐食的男人一样，在店里显得有些拘束和尴尬。橙子大概很喜欢他吧，所以愿意放下身段，替他把不好意思出口的话说出来，她身上还留着她妈妈那样的细腻妥帖。

我们打车去望京小腰排队。排在那群抽着烟的红男绿女后面，可以听到这城市里所有阶层的八卦，让人明白自己不是最幸运也不是最悲惨的那个。这时候没人知道，这家店的队会越排越长，后来开那么多的分店，直到七年后美国总统来的时候都想去尝一尝。

等位子时，橙子跟老广说："以前周末的时候，经常和夏涵在学校外面的小摊上吃烤串，夏涵一盘毛豆吃完就赶紧回家写作业。"

我说那时候真好，唯一的烦恼就是写不完作业，现在要烦的事真是太多了。

老广紧接着就问我："那你现在在烦恼些什么？"

我想了想说：“没钱，没人，没希望。”

“哪里有，你的稿子，读者反馈很好。可以签年度合作，一定给你加稿费。多谢你之前照顾橙子。”老广眼镜后面的小眼睛，总是含着看不透的心思。

吃完正聊天的时候，橙子突然开始犯恶心，一趟趟跑厕所，大约是吃坏了肚子。我和老广把她送去望京医院看急诊。

橙子躺在里面输液，我们坐在外面冷冰冰的塑料椅子上。老广不老实的手又伸了过来，连带着问了一句“上次的花还喜欢吗”。

为什么要这样？我用眼神质问他。

老广只是笑，笑得含糊不明。我觉得过去这些年一定是加了太多的班，约了太少的会，不明白男人是怎么一回事了。

橙子输完液，我和老广一起送她回家，把她扶到床上躺着。告辞出门的时候，一个不留神，老广把我按在了玄关，肆无忌惮地从上到下把我摸了个遍。我累得头昏脑涨，没有推开他的力气。想大声喊叫，却怕橙子被吵醒。

夏涵，你可真是没出息。

他忽然抱住我，说：“为什么我没在认识橙子前认识你，你又聪明，又有魅力。”

我抽了他一耳光跑出去。我说我不写了，浑蛋，我不写了。

出门走在街上，刚才被他碰过的地方仿佛都凹陷了下去，好像老广刚才捏住的我是个泥人。这样一个老广，橙子和他在一起时是怎样的？他们还能顺顺利利地发展下去吗？

正在这时，李想给我来电话，催我快点给他要帮他写的一篇宣传文章。

我忽然想发脾气，懊恼和怒火一股脑儿涌上来。“李想，你在GW是总监，难道团队里没人写了吗？你为什么总是拿美豪广告公司来吊着我，你到底想要什么？我不漂亮，身材也不好，除了每天晚上能比别人多加几个小时班，好像也没有什么别的特点。工作能力和成绩也很烂，在公司里从总监到总经理都不喜欢我。我来北京这么久，只想好好地做广告，好好地过日子。我不贪图别的，但是到最后什么都没有，我糟透了。”

电话那边安静了，我把手机从耳边挪回眼前，通话时间还在一秒一秒延长，手机上的小灯还亮着。

我继续说道：“你怎么不吱声，听不到我说话？”

“我去找你吧。”

“找我有什么用，要来当监工吗？”

“你现在在哪儿？”

当他背着电脑包站在我面前的时候，我拽住他的皮衣一角就开始哭。我在他面前没法伪装下去。

有两年没掉过眼泪了，我闻着他皮衣上冰凉的味道，把这些日子积存下的不快都无所顾忌地倒了出来。

他拍了拍我的肩膀。“你这是怎么了？刚才在咖啡店加班，被你吓死了，以为你又要我去刷墙。”

我不知道要如何解释这一天天都是怎么了。我下了班从地铁跑回家，边吃街边买的煎饼边敲键盘，只为帮李想写完他要的几页 PPT，时常要修改老广那边的稿件，还要安慰自己别理会客户在电话里发的无理的牢骚。在别的女孩下了班去约会，在美容院里做面膜按肩膀的时间，我都顶着黑眼圈，思考到底该怎么在公司里活下去，怎么搬离自己住的破筒子楼，怎么多赚些钱，怎么让爸妈相信我真的过得好好的。

我始终是有些不服气的，凭什么擦身而过的那些人都有比我更轻松的人生。我也想噘着嘴转个身就能得到答案，可是不得不每一次都在夜里忙到眼睛睁不开。

李想说："你以为你和其他虚荣的女孩不一样吗？她们每天站在镜子前，想要的是新衣裳新皮囊，而你在试穿的是你的身份。什么客户经理，什么美豪广告，和她们喜欢的皮草没两样，还不是一个让人看的符号！"

是的，他说的都对，我只能用眼泪表达我的赞同。他接着说："为什么我总要你来帮我做事？是因为你做得比我好，也比我以前更努力。你只想去美豪广告，我知道挖不到你来我的组里正大光明地工作。你真的以为 GW 的总监好当吗，有几个人会听我的话半夜卖命一起赚钱？夏涵，我们一样没别的捷径可走，可别人未必只有这一条路。我们辛辛苦苦才能得到的，也许是人家瞧不上的，你明白吗？"

我擦干泪，跟他一起坐在通宵营业的麦当劳里吃甜筒。他说："委屈归委屈，日子也得过，明天早晨把文章给我好不好？"

我咔嚓咬碎手里的脆皮，点点头。

9

我没再给家居杂志写稿子，橙子来问我出了什么事。我决定让她认识一下她所爱的老广，把他的行径一五一十地告诉了橙子。

橙子却十分淡漠地道了歉，随后转开了话题。

我不依不饶地问下去：“你是真心喜欢老广？”

橙子只是麻木地说：“他昨晚都没回家，我只知道我是来赚钱的，不是来恋爱的。我在老广身边，能拿到想要的人脉和机会，从那机会里赚的钱够我失业三年的吃喝。这里是文化中心，我要靠着在里面的人，才能勉强做一个中心边缘的人，想办法慢慢走进去。只是本想帮你也赚一些……不知道他竟然会对你下手，这浑蛋。”

她从我的叹气中，大概听出了我没说出口的“你变了”。我不敢说，我知道我也变了。为了喜欢的男生放弃学校推荐的高薪工作，一门心思要当个好太太的橙子，已经跟她可以躲在里面吃饼干的卧室一起成了历史。现在的我们，只是偌大的城市里看似独一无二，但又毫无特色的两个人。

我们总得走下去。我没日没夜地工作，乘末班十号线回家，看着远处高层住户的灯一盏盏都熄了，还在喝着速溶咖啡改方案。她依赖于虚情假意，换得一个“文化人”的标签。也许没有人会评判对错，只有人在意得失。这城市认可成绩，没有人夸赞无效的努力。

最终，万千地产提案那件事的责任，李如云把黑锅推给了我，因为她不无欣喜地抓到了我的小辫子——她发现我在给老广写稿。

老广来我们公司谈广告投放事宜，刚好和李如云对接。他大概只是在展示广告版块位置的时候，顺便给她提了一下。他的小眼睛藏在眼镜后面看着李如云，和看很多姑娘的表情极为相似。“认识你们公司的夏涵吗，她给我们杂志写的稿子很受欢迎。”这个人满脑子是那种见不得人的小气。

这样的评价从李如云口中传到李总那里，就成了夏涵这个人在外面和很多公司有关联，上一次方案外泄的事情，她才是最大的嫌疑人。

我给李想打电话，问起他此前说的关于李如云“吃里扒外”的传闻。李想问：“今天怎么有兴趣提这事儿？”

“因为方案外泄那事情快要成为我的职业污点了。我以后还怎么偷偷给美豪投简历？”

“哎哟，李如云是想要踩在你头上吗？”

听到这句话，我知道他是要出手帮我了。

一个星期后，李如云又带着我垂头丧气地去万千地产开会，这一次不是去催款，不是去邀功，不是去提案，而是去交接手里的工作。

那天沈姐也在场，李如云句句带刀地把矛头指向我，坐在对面的沈姐也盯着我看。若是把上一次我跟踪她的事加在一起，她眼里的夏涵，大抵是个又蠢又贪婪的广告圈失足女的形象。

而此时沈姐却开口问：“李总监，既然已经让夏涵承担责任了，你是不是也要离开莫玛广告了？”

我盯着大理石桌面的目光挪到了沈姐淡然自若的脸上。

李如云说："这怎么可能，我还要在莫玛待一阵子的。"

沈姐从档案袋里拿出了一沓文件，那是李如云的邮件往来。每一封都证明，她跟"抄袭"了我们创意的易勇公司关系不简单。

不简单到什么程度呢，那些细节在我离开莫玛公司之后，听到了许多个版本的非官方说法。什么李如云是易勇公司老板的初恋情人，李如云被人拍了不可描述的视频拿来威胁，还有人说她炒股票欠了别人高利贷，只得拿方案来还钱。

北京有种特殊的办公室文化，人在公司的时候，大家都不愿谈及她的事情，否则就成了嚼舌根；人离开公司之后，才成了饭桌上和 QQ 群里的谈资。多数人都相信，这个城市庞大到足够无声无息地淹没一个旧同事，再次相遇的可能不足零点零一。于是八卦故事的主角从离职那天起就成了陌生人，议论陌生人和谈论娱乐新闻没什么区别，道德上也没有过失。

只有极少数人知道李如云那件事的真相，我是其中一个。这要感谢李想，若不是他当初为项目积攒了一大堆能把相关人等查个底朝天的资料，这一天也不会从井里把我捞上来。

原来，李如云知道年初房产开始限购之后，接下来一年房地产广告一定会遭遇危机，莫玛广告公司眼看要丢光了客户。哪怕莫玛的老板是她的亲戚，她也要抱紧做快消品市场的易勇公司，万千地产的方案就是她想给他们送上的见面礼。

那档案袋是我提前拿给沈姐的。我算是了解李如云。她有她的苦衷和不易，可我也要保护自己的东西，比如身后的好名声。

在李如云气得拂袖而去之后，沈姐把我拉进办公室。我惴惴不安地猜测她的用意，万万没想到，她关了门悄悄问我："你会用淘宝吗？"

我不太相信自己的耳朵："淘宝？"

原来沈姐不太会用网络购物，平日里都是让秘书下单。只是这一次，她选了一件玫红色的少女款睡衣，略带娇羞地对我说："你来帮我买吧，因为我们都有秘密，我愿意相信你。"

沈姐的秘密，是她那个帅气的秘书真的成了她的男朋友。这也是李想的调查结果之一。

在我帮了她这个小忙后，沈姐还了我一个大人情，她在提前退休享受迟来的爱情之前，要布好公司的下一步棋。

万千地产在北京的业务准备撤到青岛、烟台这样的二三线城市发展，新的分公司缺合适的市场经理。

沈姐说："莫玛虽然给你经理的头衔，但薪水肯定没有我们的多吧？看你还跟着李想做了不少事，也是为了赚钱？你这样跳槽离开，一个月还是五千块，我们这里的房产销售还有分红。"

说真的，那一刻我脑子里已经出现了自己穿着万千地产的工服，坐在办公室里写报表的模样。那大概就是心动吧。

但这一次，我没有像过去做决定那样迅速果断。我不舍得在办公室里写下的一摞摞关于如何写好一个PPT，或者如何分析一则广告创意的笔记。

我问已经在她那个圈子里八面玲珑的橙子："这个机会该不

该要？”

她说：“你喜欢的话就去呗。”

我问为了新事业依旧四仰八叉的顾若熙，她说：“路走长了总会遇到分岔的，但你想想一开始的时候，你原本想去哪里来着？来面试的时候，我问过你。”

我问离开北京大胆追逐爱情的许微微，她反问我：“你还没恋爱吗，哪个地方能让你和心上人在一起就去哪个。大山大河是好，但比不上细水长流。”

我不知道自己是怎么了。从毕业后爸爸给我联系的那个国企离开的时候，我走得毫不犹豫。一个人乘上离家的火车时，我也毫不犹豫。然而，这一次我开始质疑自己。我既担心自己没能力走到美豪那一边，又担心错过万千地产的好机会。

筒子楼下的梧桐树开始落叶，路灯下的叶子在脚下沙沙响。他们说，秋天的北京才真正有北平的味道。但我从来没体验过诗句中的浪漫，也许因为那时候的北平没有卷着沙尘的风。

这天晚上橙子醉醺醺地来我家，怯怯地说：“夏涵，我知道你很忙，但就是想找你说说话，离开这筒子楼以后，再也没有人好好跟我说话了。男朋友原来是最不能说真话的。我忽然明白为什么总在停车场看到坐在车里不愿回家的男人了，他们也不愿意跟自己的老婆讲真话。这儿的停车费那么贵，就权当是男人给自己另外租了个小窝吧。”

我问她：“是不是真心和你想要的东西，只能得到一样？”

她说：“不然你还想要什么？”

失眠刷微博的时候，我看见沈姐在新注册的ID里晒了两个人在泳池边喝椰子汁的照片，配文赤裸裸地写着："谁说女强人不配有爱情。"

10

又一个春天来临的时候，我从公司请了假，准备去万千地产的总部见HR，去谈offer和薪水的事情。

莫玛广告勉强给了我两千的加薪幅度，那也是一家苟延残喘的公司仅能拿出的留下一个客户经理的价格。

那天也是国际车展开幕的日子，路上一直在堵车，打开手机地图，东边的路一片通红。我在出租车上焦灼不安地看手表。正心急如焚的时候，李想忽然给我来电话，要我帮忙把礼物带给车展上的媒体。

我回复说："真的没时间了，今天要去谈offer。"

"你不会真的要去万千地产吧？"

"我总不能一辈子当你手里的免费苦力，等着你推荐我去美豪广告的空头支票。"

李想换了一种带着哀求意味的语调："你不来，我就完了。"

我想起以前听同事说起过的国际车展，那是广告界和公关界人士一年一度的灾难。许多客户提前一年就开始筹划这一年的创意，要给车模选怎样暴露的服装，要给展台弄出怎样的噱头，要怎样让自己的品牌胜过所有人的。四面八方的参展商都成了开屏的孔雀，在展览中心炫耀着自己的魅力。而负责宣传这一切的媒体记者是万万得罪不起的。

李想为了这一天，大概也熬了很多个通宵吧。

我跟司机说："咱们掉头，去国展中心。"那一刻我开始同情李想，我体验过太多次熬了通宵却一无所有的失望，能让他得到一点成果，收获一点虚无却让人渴望的成就感也好。

车阵的长龙慢吞吞地挪动，迟迟没有抵达目的地。最终我举着电话下了车，在蠕动的车海中，越过一辆辆车往前跑，边跑边找李想。

他满头是汗，停在路边，从后备厢里拖出一个鼓鼓囊囊的箱子，让我把箱子里的礼品想办法送到车展现场去，他还在等后面的人送来的易拉宝。

我离开之前问他："你们公司的人呢？"

他告诉我，关键时刻，他一个人就是一支队伍，别人是指望不上的。

拿到礼品后，我看了下时间，离开场还有半小时，慢悠悠一步步走过去是来不及了。我抬头看了看前面几乎纹丝不动的车阵，咬咬牙横下心，把脚上的高跟鞋脱下来塞进包里，只穿着丝袜，在柏油路上开始向前跑。两只手里的礼品袋沉甸甸的，随着我的跑动前前后后地甩动。路上的小石子不断地硌脚，我不管不顾地迈着大步，根本不去想脚上是不是硌破了皮。经过的车里不时传来小小的惊呼，我还看见有人举着手机在对着我拍照。一个穿着西装裙光着脚提着大堆礼品袋，不顾形象地在大马路上狂奔的姑娘，大概可以称为奇观了。

距离媒体入场采访还有五分钟，我终于到了李想负责的展位的入口处，大汗淋漓地给一位位记者送上礼品。忙完后，我精疲力尽地坐在展台后面，和露着胸脯和大腿的车模们一起休息，不敢喝矿泉水，因为洗手间离得太远，还要排队。

我在车展现场一直等到李想结束工作离开，他打了领带，穿着西装，在现场运筹帷幄的样子像个新郎。

什么新郎。我不知道从哪里冒出了这样的怪念头。

直到半夜，大家才陆续离开会场，连门口的黑车都不剩几辆。李想把西装外套抱在手里，另一只空着的手揽着我的肩。

他半个人都挂在了我身上。真要谢谢这双花掉半个月薪水，已经快被我踩断了跟的高跟鞋，在这个春天的晚上承托了两个人无力倾吐的疲惫，也承托了我重新活泛起来的心。

我们去二十四小时营业的金鼎轩吃夜宵，半夜来这里的客人都有满肚子苦水，然后吃着豉汁凤爪和虾饺一吐为快。在漫长的广告生涯里，我在这家店度过了许多个疲惫难堪的夜晚，待在热闹的食客当中，会觉得慌慌张张地活着并不算是意外。

坐定后，我闷闷不乐地对李想说："为了你，我可是丢了高薪的好工作。"

李想说："我可没能力硬拖着你的腿走过来，都是你自己选的。"

那一年关于北京车展的热门微博中，有一个光着脚拎着大堆礼品，在堵车的长龙中奔跑的姑娘，好像有用不完的力气，好像什么都阻挡不了她的脚步。

那个人就是我。

周末李想邀请我去家里吃饭，为车展上的胜利庆祝。

我们在茶几上摆了一堆鸭脖子和鸭锁骨，还有几听楼下 7-11 便利店拎上来的冰啤酒。

电视里在放郭德纲的《红事会》。我有感而发："忽然觉得忙完一场，能这么轻松地过个周末，太奢侈了。"

"那你本来准备什么时候奢侈一下？"

"比如说等我月薪拿到两万块，而且再也不用加班写方案的时候，或者等我拿了美豪的 offer，再或者……总之就是没什么事忙着要干的时候。"

"真有这样的时候吗？"

"这么一说，好像还真没有过。"

"那就是了，没有什么事是你准备好了才发生的。谁有时间准备啊，过日子又不像天气预报，还有人提前一天告诉你，第二天要打雷下雨。"

"李想，你在北京混得最惨的时候什么样？"

"饿着肚子，没钱交房租。你呢？"

"有一次在公交车上，忽然一个急刹车，我的手连个扶的地方都没有，穿着羽绒服一下子倒在地上。车上那么多人，都没人拉我，像看不见我似的。那时候我就觉得，自己跟个老太太一样，谁扶了我，我就要碰瓷。"

"谁能管得了谁啊，大概都顾不上别人。"

他啪嗒脱了拖鞋，盘腿坐在地毯上。我也想盘腿坐下，却看到脚上还穿着平底鞋。

“怎么不换双鞋？”

“你家女士拖鞋那么多，我怎么知道主人是谁，不敢乱穿。”我悄悄地说，“会出事哟。”

“又不是没穿过。你再去鞋柜瞅瞅。”

“有什么好看的？看看你最近又有什么新拖鞋……”

我去了玄关，打开鞋柜，里面的女士拖鞋都没了，最上面只剩一双还散发着塑胶味的崭新的粉红棉拖，连超市的标签都没撕。

他说：“刚给你买的。”

“哦。”我换上拖鞋，重新坐回他旁边。

李想被啤酒顶得打了个长长的嗝，他拍了拍自己的肚子，响声挺大。我也有样学样地拍拍他的肚子，有结实的腹肌。

“练得不错啊。”

“平时不健身，哪有那么好的精神跟客户打车轮战。”

“难怪我打不赢，健身房发传单的小哥说着‘游泳健身了解一下’，跟了我一里地，我都没接茬。”

李想转过身，认真地盯着我问：“你吃饱了吗？”

“嗯，你还没吃饱？”我说着撕开一包花生米递给他。

“我也饱了，我是说，你要是不那么着急回家的话……”

“嗯？”

“我们要不试试看？”

“你……”我一下子想不出该说什么，下意识地往嘴里塞着花生米，“你是要……去旁边的酒店？”

“不。”他指了指卧室，“出门好累。而且我认床，换个地方睡不着。”

“我……”

“你要是不愿意也没什么，我睡沙发没问题。”

“我可说真话了，你别笑我。”

“嗯？”

“第一次的话，内衣还是穿一整套比较好，我今天穿的……颜色不搭。”这一刻，我惦记起今天穿的是蓝色的内裤和白色的内衣，没有搭成顺眼的一整套。

李想忽然哈哈哈地笑个不停。“我卧室里也可以关灯的。”

临睡着前，李想说：“谢谢你这一次帮了我大忙。”

我说：“也谢谢你。”

谢谢你跟我一起看这个奇妙的城市，也谢谢你明白我为了目标不顾一切的热情。

三个月后，我终于去了美豪广告公司进行面试。HR 在初试后委婉地让我回去等消息，我知道凭自己的学历，大概通不过这里严苛的标准。

我垂头丧气地出来，安慰自己已经赢了，至少赢了百分之九十九的没有机会来面试的人。

可我也输了，输给坐在这里的所有人。

我站在门厅，手里捧着一次性的纸杯，久久地盯着前台姑娘背后的公司标识不肯离开。这是离我的梦想最近的地方了，以后或许再也没有机会隔得这么近了。

这时候，美豪的一位副总裁在门口看到了我，打量了我一会儿，忽然说："这不是车展上那个光着脚跑步送礼品的姑娘？"

我点点头。"就是我。"

得知我是来面试客户部的职位，他笑呵呵地抖着双下巴，对HR说，这个名额他批了。

回到莫玛公司，时隔一年多，我又一次站在李总的办公室里，对着他脱发更严重的头顶，把已经在心里藏了一年的"我不干了"说了出来。

他没挽留，说："希望你一切都顺利。"

莫玛公司在半年后解散了，这个做地产营销服务起家的广告公司终于轰然倒下，我一直都不知道李总的心愿到底是什么。

后来听说，他去南方的海岛开了一家客栈，养了一只猫一条狗，过上了许多人向往的面朝大海、春暖花开的生活。

第三章

Chapter 03

1

秋天又刮起了卷着尘土的大风。李想来我新租的房子过周末，手里拎的超市塑料袋上沾了一层薄薄的土。而我家离超市只有五百米。

他进门脱下风衣，我顺手接过来，帮他挂到门后的挂钩上。他抖抖肩膀笑着说：“像小时候我妈给我爸挂衣服。”

“说什么呢？我还没生过孩子呢。”

他坐到沙发上，说了一句：“忽然想结婚了。”

我没说话，脑子却一直回放着刚才他说的“结婚”两个字。谁都知道“结婚”这道门槛会横在眼前的路上，却不知道到底在哪儿出现。冷不丁地从他嘴里说出来，是让我注意脚步别太快，还是想让我跟上他的速度？

我忍不住问：“你以前的同学都结婚了吧？”

“小学时的班长，儿子都上小学了，还在我们那个学校当班长。”

“我一直觉得结婚好像还是挺远的事，得有固定的住处吧，还得有离家近的工作，好像从那一天开始，就得准备让生活保持不变似的。这已经是我换的第八个房子了。虽然不少小夫妻日子过得也不错，但总觉得那种稳定的节奏离我特别远。”

“我们要不也试试？”

“结婚这件事，在你眼里是不是像超市里试吃一样？”我从冰箱给他拿啤酒，站在客厅边缘盯着他的侧影。

“现在这样也没什么不好的，对不对？”

我知道这样没什么不好的，只是如果不知道结了婚会更好还是更糟，我还是想选择熟悉的有安全感的那一边。

晚饭还没开始，客户给我来了电话。电话那头的女人说：“夏涵，你们公司给我的提案就是这个？我找最好的广告公司做的执行方案，怎么和垃圾一个样？”

“您哪里不满意，我们可以一起开会调整，而且现在这个调整方向都是和您确认过的。”

“你少跟我来这些车轱辘话，写的都是什么玩意儿。”

见我垂头丧气地回来，李想说：“被客户骂了？”

“你怎么知道？”

“我被骂了多少年，那感觉比你清楚得多。你就当是吃瓜子吃到一颗苦的，吐掉过一会儿就忘了。”

“我们一个星期没怎么睡觉交给她的东西，怎么会是垃圾？她有什么资格这样说?！”

“现实就是这样，你认真做的东西，别人并不一定就得认可。这是工作，你领着公司的薪水，里面也包括你对客户的耐心和宽容，别把这点事儿当成全世界就行了。”

“除了这个，世界上还有啥？”

“生活啊，家庭啊，爱情啊。哪怕你坐在这儿吃鸭脖子，也是能找到成就感的事嘛。”

“告诉我工作生活分不开的是你，让我把这些乱七八糟的分开的也是你。”

“因为你太爱工作了，这样容易受伤。”他敲敲自己左侧的胸脯。

也许吧，我想。李想以前说过，没有什么事情是让你准备好才发生的。我为了争取一个客户，大半个月没睡过一个整觉，晚上回家一直在练习如何更好地提案，甚至还找了老师，周末去上演讲课，练习的时候录下音来，每一个字的腔调和发音都要拿捏。但客户最后还是没谈下来，我惨白着脸下班回家，一声不吭地躺在沙发上，睡到第二天天黑才醒过来。原本和其他部门的同事说好，签了约请大家一起喝酒，可单子没签成，他们集体用“晚上有事”拒绝了我。

李想扭头去厨房，给我煮了碗面，我就着辣白菜一边吃一边吸鼻子。

他说：“你现在都是客户经理了，可千万不能掉眼泪。”

“在家里掉眼泪都不行吗？”

“在我面前哭一哭总还行吧。”

“以前没和你说过，我在公司的洗手间哭了好多回。”

“把脸洗干净出来，不还是堂堂的一位夏经理。”

“我觉得特别累，压力特别大，怎么每次一到新的环境，就觉得身边的妖怪也一起升级了，总有应付不完的新麻烦。”

“解决了麻烦，你才有存在感，人就是这么奇怪。”李想打开一罐啤酒，一仰脖都喝了，“今天一起庆祝一下吧，我的客户也丢了，赚不到钱，也升不了职，你是不是心态平和了一点？”

我把筷子放在碗沿上，忽然生气了。“我就是想过更好的日子，把工作干得更好一点，你就不能稍微鼓励我一下吗？我想要的是战友，不是什么颓丧的后援团。”

李想抬起头来，眼神忽然变得无辜又无措。他把我的头用力按到自己的肩膀上，说：“你干吗嘴硬，在我面前就不能温柔一点，我有时候也想要安慰啊。”

我靠着他，两人一起安静地看周末的《快乐大本营》，尽管没人觉得快乐。我只想做点不需要思考的事情，让我的直觉在脑子里跑一圈。

那一瞬间，我忽然想在他面前放下偏执和坚持，做个普通的小女人。普通小女人想要的，大概就是可以轻易满足的快乐。于是我的直觉从脑子里到了嗓子眼里，从嗓子眼里又到了舌头上。

我说：“我们试试吧。”

“什么？”

“你刚才说过的。”

“结婚试试。”

他把他手上一直戴的一个戒指摘下来给我。“用这个先顶替一下啊，加完班买新的。”

我弯了弯指头，把那个男式戒指戴上了。

2

二〇一二年春天，我跑步进入了围城。小时候对于婚姻的浪漫幻想、华丽的舞台、乘坐五彩祥云而来的白马王子统统都没有实现。最终，我和大部分人一样，只是平平凡凡地接受另一个人走进自己的生活。

前一年看了《裸婚时代》，气得我直嚷嚷“什么都没有，为什么还要结婚”，可现在我已经跟李想领了结婚证，在简简单单的婚礼中许下了百年好合的承诺。

婚姻并没有我所想的那么华丽诱人。但如果一个人肆意飞扬的生活是 A 面，此时的我，急于想知道有另一个人加入的 B 面的模样。

我们在百子湾附近租了一处精装修的一居室，跟中介看房的时候，穿梭在三环和四环之间野蛮生长的空间，高楼和平房在那儿安然共处，五星级饭店隔壁的巷子里，就能吃到地道又廉价的成都小吃。

西装革履、骑电动车的置业顾问向我们介绍：“房东买了原打算自己住，所以装修细节真没的挑，可是所谓的殿堂级。要知道现在北京的新小区，外面看着光鲜亮丽，里面一个个都是等着租出去的毛坯房。您二位遇到这房子，那真是平日里积的福。”

“那房东怎么没自己住？”

“听说家人还没回来。业主等着一家子搬进去。”

这房子什么都好，但我不喜欢白花花的墙。它总让我想起以前住过的旧房子，中介敷衍了事地粉刷过，就大言不惭地说是新房，要么是水管生锈，漏出的水把楼下变成水帘洞，要么是冬天的暖气只是勉强让房间里有一丝热气。一桩桩一件件，让我一看见白墙就浑身起鸡皮疙瘩，感觉睡都睡不安稳。

我一直想要一个有鹅黄色墙壁的卧室，进了门就能感到春风温柔地捏我的脸的那种，但直到结婚都没实现，中介带来的合同里还刻意标注了“租户不得擅自装修”。置业顾问在我签完字后特意嘱咐：“房东可能中途来查，千万不要动装修。”

我料定李想不会太在意卧室的装修，他每天醒着的时间里，要么是把眉心拧成麻花思考下个季度能完成多少项目，要么是今天提交的 PPT 标题到底有没有对齐。他说：“在 GW 公司做了这么久，工作跟生活怎么能分得开，这统称为生存。”

我说：“可不是嘛，结婚当天晚上同事来闹洞房，你把他们喊进来帮你写方案，吓得人家落荒而逃。有你这样结婚的吗？”

李想说：“还说呢，不让他们干活，我们也没法有个安生的婚礼。”

我们两个人都拿到了十天的婚假，这是我们来北京以后最长的带薪假期。在假期的开端，我们像度过其他节日一样度过了新婚之夜，做完该做的，然后躺在被窝里开了一场只有两个人的创意策划会。我们可能已经成了整个小区里最没有情趣的夫妻。

我从报刊亭买了几本打折的家居杂志，回家剪剪拼拼贴在手账本上，研究小卧室的装修和厨房的空间利用。我没奢望过要买房子，但得为未来的家做好准备。

这一年北京的房价贵得上了天，偶尔听闻有全款买房的，大多是山西来的煤矿主。身边付了首付连饭桌上都不见荤菜的大有人在，像我这般没有谈下大笔天使投资的普通人，一种为了将来的孩子能有个落脚之地，咬着牙供房，另一种只能期盼着房价涨到了头总会跌下去。

第一次，我跟李想谈起换墙壁颜色的时候，他对着手机爱搭不理，像猫一样转转耳朵，“嗯”了一声。

第二次，我把手里的杂志拿给他看，说：“你瞧这个屋子的风格和我们现在住的一样，要不也换成上面的鹅黄色？”

他装作没听到一样问我：“你们公司夏天的年会打算请多少客户来？”

第三次，我在淘宝上找出环保漆给他看，他白了我一眼，问：“有完没完？”这四个字可真熟悉，在小说和电视剧里怨妇的生活中，处处都能听到这几个字，简直和鞋柜、晾衣架一样，成了一个家的必备品。

和李想吵架的节奏，基本都是从他对我的话置若罔闻开始的。

早晨进洗手间，看到牙膏沫甩在洗手池里没有冲干净，我出来对他抱怨：“你怎么就不能打开水冲一下，都说第五遍了。”

“我赶着上班，来不及啊。”

“你没时间冲水，有时间对着镜子喷古龙水。”

“你要是心里有火没处发泄，就去街边拔树去，该干嘛干嘛去，别老是发在我头上。”

睡觉前，我看到他把袜子扔在了沙发垫子上，也忍不住要说一句：“就差两步路，你怎么就不能扔到脏衣篓里？”

“你帮我拿一下不就完了？”

“我也累啊，保洁阿姨昨天不是刚把沙发弄干净。”

“你别总往不干净的地方看就行了。”

上班路上堵车的片刻，我摇摇晃晃地站在车上想，以前实习的那家单位，结了婚的女人常常凑在一起抱怨各自的老公，怎么又尿在马桶外面不知道擦，怎么穿着脏裤子就躺在沙发上。抱怨完了，下了班依旧去买菜，平平淡淡过日子。现在轮到我身处这样的新角色，却怎么也忍受不了漫长岁月中像鞋里进了沙子那样的摩擦，每走一步都让人心烦。

十一长假前，我告诉李想：“国庆节我要刷墙。”

“你别没事找事。”

“你对我连这点耐心都没有？”

“别天天扯这些没用的行吗？”

有时我真愿意相信那句老话，即使是最恩爱的夫妻，也曾有一万次想杀掉对方的念头。

我过去合上他的笔记本电脑，强迫他看着我。“你难道愿意一直这么过下去，满屋子都是别人留下的痕迹，我不想在别人的家里过自己的日子。”

他说：“好了，我最近在谈一个进口环保漆的客户，如果成了，你刷成彩虹也没人管。”

两个人都沉默下来，李想穿着暗蓝色睡衣驼着背，抱着笔记本盘腿坐在床上打字。我在临睡前把美豪公司的工牌塞进明天上班要背的红皮包里。我不想输给他，也从来没有输给过他。

3

就在这个当口，橙子忽然告诉我她买房了。我一瞬间以为她依靠爱情，也要赶在风口浪尖上做一回弄潮儿。但橙子坦诚地说："我拼死拼活存下的钱，只能在老家付首付，以后不漂了，回去找个老实人结婚。"

我打了一句岔："听你这口气，这儿有那么糟糕？别说得像是要从良一样。"

高三那年高考成绩出来前，我们俩一起把高中三年的课本和堆成山的试卷拿去卖废品，每人搬一个大纸箱子在街上走着，心里无比快活地想，终于再也不用每天穿难看的校服上学，再也不用偷偷摸摸地恋爱了。到了收废品的地方，T恤衫的后背都被汗水浸透了。论斤称，好像也卖了二十几块。我问橙子这个钱能做点什么有意义的事，她提议去算命。后来我们在商业街附近看见有个占星的摊位，那时候看星盘和第一次听说星座一样新鲜。

占星师在地上铺一块黑布，摆了张打印的皱巴巴的星盘图，看我们是高中生，原本十五块一位，给我们打了折，两个人只收了二十。大而空的话说了不少，我只记得关于我们两个人以后在哪里的问题，占星师说了一句："你会留在家里。"她指指橙子，又指指我："你会远走高飞。"我心里像绑了砖头一样沉下去，后悔刚才卖掉的资料里有这三年的错题本。我填报的志愿是从家坐一趟公交车就能到的大学，如果离开家的话，那一定是没考上。

那年十八岁的我站在街边，听着公交车报站的广播声，蝉声成了可以忽略的背景音。我消沉地走在路上，好像穿越了很长很深的山间隧道。我低头盯着脚上的白色平底凉鞋，不知道往后的路要怎么走。

我去首都机场送橙子，她是一个人走的。大包小包的行李用大号纸箱给家里发了快递，留下的都是自己的零碎东西。

我们最后一起在机场吃了个下午茶，还是平时常点的热拿铁、芝士蛋糕。以往我们周末凑在一起聊天，都是一人吃一整块蛋糕，这次橙子却说："我们买一个分着吃吧，以后能一起分享的东西也没多少了。"

我小口小口地喝咖啡，不知道心里到底为什么难受。好像橙子在身边，我永远都能当没离开家的小姑娘，一旦她走了，我就只剩下了李想的太太，还有美豪公司客户经理这两个身份，一个只顾往前横冲直撞的人。

我问她："这段时间除了存出了首付，还学到了什么？"

她说："明白了我妈妈不容易，所以要回去多陪陪她。"

她手腕上第一次炒菜烫出的印子已经淡到看不出来，她现在大概能在下班后麻利地做出两菜一汤的晚餐了。将来，她的成就在我眼里也许会无限地放大，其中最耀眼的大概是我在这儿不可能拥有的房子。我羡慕地对橙子说："有房子真好，你可以有一面刷着自己喜欢的颜色的墙。”

她说：“你会有的，这里还有很多很多的自由，对吧？”

是啊，这儿有我想要的自由，但在这个看似没有枷锁的地方，其实到处都是看不见的绊脚石。

4

美豪公司的项目组永远是兵荒马乱。我在会议室里跟创意部一起讨论即将进行投放的电视品牌平面广告，创意总监安然说：“夏涵，你这个客户刚接手，可能不是很了解。这个方案没有必要再修改了，反正他们的预付款都已经打过来了。”

我说：“我昨晚见过对方市场部的人了，他们明确提出在画面呈现的细节中，需要把色块再优化一下。”

“你愿意找谁改就找谁改，我们呢，这会儿顾不上。”安然把我刚给她的修改意见拍在桌子上，转身走了。

刚进我部门的一个毕业不久的男孩陈非说：“我我我，我来改呗。”

我等了陈非一天也没有消息。晚上客户来催，我问陈非：“你调得怎么样了，一下班你就不见人了？”

“我啊，找了我爸一朋友的公司在改，人家创意部的人可厉害了。”

“你是说你找了别的广告公司来做？那我们干什么？谁给你批的预算？”

“不用批预算，我自己出钱。”

“下不为例，没有你这么干活的。”

陈非进我的项目组的时候，给我的印象就是一个富有的“废柴”。中午十二点我约了客户见面，十点安排他去打印合同，他离开工位就没见回来。半天过去我也没找到人，不得不自己动手解决。下午两点他才出现，原先穿的黑皮鞋换成了棕色的休闲鞋。他解释道：“去打印合同的时候，鞋子踩了口香糖，赶忙送去清洗，又回家换了一双。”

李想说过，美豪广告这样排名第一的公司，里面未必都是工作能力第一的人。有些人大概以为自己拥有的东西都是理所当然的，一个好公司，只不过是他灿烂人生中一片金色的羽毛罢了。

陈非每天一套修身的暗色西装，没见过重样，像微博里天天赶通告的男艺人，自以为有无数长枪短炮等着拍他完美的侧脸。中午他去旁边大厦里空荡荡的西餐厅点一盘沙拉，有时盛情邀请同事们一起去，但大家基本都会拒绝这难以承受的好意，宁愿吃来路不明的外卖。

一次他开小差错过了会议，我罚他在公司听完整个下午的会议录音并整理出来再下班。直到办公室只剩我们两个人，他还在对着电脑发呆。有个回来取衣服的领导路过，神色慌张地把我拉到一边。“夏涵，你怎么能让陈非在这里加班，你知道他是什么人吗？”

“怎么？他不能加班？”

“他是咱们公司最大的客户的儿子，来美豪只不过是镀个金，你适可而止好了。”

这时候我才明白，同样是一份工作，对于我们是披荆斩棘才登上的山峰，对于他是乘着直升机一步登天。毕竟在这儿谈得最多的是规矩，而非规则。

电话里客户在催我：“夏经理，投放平台的修改方案麻烦你快一点。我待会儿要开会，也要让领导审核。”

我在 QQ 里催媒介部：“请问进展如何？”对方回答：“重要的客户又不是你一个客户经理有，正给你弄着呢。”

我着急地抓着头发，在洗手间看到自己的脸憔悴苍白，嘴唇干得起皮、毫无血色。仓促的生活让人没有一点打扮的念头。

难怪同事们常说：“客户总监提要求总归实现得快一些，经理的业务却常常不好推进。”我每次学会一个规矩，总比用到它的时候迟了一些。

在徐明美来到美豪广告后，我在公司里成了夹在三明治中间的那一层，上下都没办法应对自如。

她是从台湾总部调过来的副总监，那位置空了有半年，前一任嫁给美国商人移民之后，一直没招到合适的人。其他部门的人经常跟我说：“那位置是给你留着的，老板只是要多考察一下。你那么优秀，怎么会做不好一个副总监？”

听多了类似的话，我偶尔会不小心自我膨胀一下，甚至开始想象门禁卡上的头衔变更的时候，照片要拍张更干练一些的。

女上司新上位，一定是要下狠手的。徐明美却没有走常见的套路。她每天都笑呵呵的，眼睛弯成月牙的样子，显出眼角深深浅浅的鱼尾纹。同事们说她有四十了，还梳着齐刘海，永远穿着粉嫩嫩的衣服，整个人显得像个少女。她嗲声嗲气地去向上级报告夏涵的工作能力是多么优秀：新客户马上要签单了，广告创意拿去评奖了，成本价居然低过百分之三十了。

直到一次重要提案会上，我见到了部门长期驻外地的总监。提案结束后，总监把我拉到一边说："夏涵，我对你真是太失望了，徐明美分明说你还可以做得更好的。"

我才知道自己莫名其妙地被推上了一个本来爬不上的高台，徐明美笑呵呵地等着我忍受不了这稀薄的空气，自己跳下去。

吃饭时，我生气地戳着剁椒鱼头上的鱼眼睛。李想跟我说："在职场里，这叫'捧杀'，就是在外面把你夸到天上，别人发现你没那么完美的时候，会特别失望。最后你自己做不到，就会自动离开。"

"那我要怎么办？"

他说："美豪广告是你挤破脑袋硬要去的，凡事都有代价。"

"我以前以为只要努力就能解决问题，可事实是无论怎么努力，也没办法做到她形容我的程度。"

在这个节骨眼上，公司新谈了一个家电品牌的客户，策划会开始前，我安排陈非搜集一些汇报用的资料。开会时他又不见人影，我猜他的鞋大概又出了问题。

原本客户提出营销预算在一百万左右，徐明美在众多领导云集的季度会议上说："夏涵跟我承诺过的，她可以把这个项目做到一千万。”

我瞠目结舌地把项目介绍到一半，不知道该怎么继续下去。若是拒绝，大家会认为是我无能，若是接受，我把自己逼成超人也填不满这个坑，最后还是要承认自己无能为力。脚下的高跟鞋仿佛成了走不过去的钉板，往前一步往后一步都是钻心的疼。

正在这个当口，陈非推门进来了，那一幕就像闪着光的慢镜头。他一字一句地说：“这个家电品牌过去三年每年的投放都是几十万，怎么可能有一千万？徐明美姐姐，如果这是你的梦想的话，就请你自己去实现好了。”

办公室里一片沉默，大家既不想得罪陈非，又想看徐明美怎么接后面的话。

徐明美大概保持了一辈子的温和笑容消失了，她眉头皱了又皱，挤出一句：“那……那我们再听听夏涵怎么说。”

那天晚上我请陈非吃饭做答谢，两个人在海底捞吃火锅。在沸腾的鸳鸯锅前面，我拿我来北京的故事，换了他高中离家去新西兰，又被迫回来继承父业的往事。谁能想到我眼前这位像是偶像剧男主角的人，竟然是我们部门里一个月薪三千五百元的客户执行。

吃过饭，我问他：“回国的时候你拿了多少箱子？”他一脸不解地看着我，我说：“你不会真是蜈蚣精吧，那些鞋总要带走吧。”

陈非笑了，他的笑容很干净，是那种没见过生活中的丑恶的干净，大概他长这么大都没体验过什么是苦涩。

我忍不住问了一句：“今天为什么帮我？”

他说："以前我晚上好几次喝完酒，回公司来拿东西，看见你都在。你不是没有实力的，但是徐明美做得太过分了。反正他们也不会拿我怎样，这话只能由我替你开口。你是我的直属上司，讨好你不是应该的吗？"

要是时间再往回退两年，我或许也可以这样肆无忌惮地在徐明美面前说真话。

饭后陈非开着他的小跑车送我回家，我坐进去后，他把我这边椅子的电动靠背往后放，说："这样你的腰会舒服一些。"

"真有经验。"

"嗨，以为我是泡妞学的？是经常当我妈的司机而已。"

5

我和李想下班后的对话，渐渐从"回来吃饭吧"，变成"我加班不回去吃了"，到了后来，彼此都不愿打破这种沉默了。谁都说不清两个人是从什么时候开始，不在一起吃晚饭了。许多东西在飞逝的时光中又一点点回归原位，因为互相吸引而心甘情愿改变的地方，都缓慢地露出真实的模样。

回家后，在别的新婚夫妇看电影或者吃着饭聊天的时候，我打开电脑，继续改永远改不完的方案。我每个季度都有不同的目标，激励自己好好工作，多磕下几个项目，多赚点钱，比如冬天想买新大衣，春天想约朋友一起吃三层盘子的下午茶。

这都是赚到钱心心念念要做的事，可最后钱也没有用在这些地方，让我存了起来。我还是没死心，以为等房价跌了就会有一套自己的房子。我怕又被房东赶出来搬家，这个有白墙的卧室始终不是自己的家。

一天，李想回家后无精打采地跟我说："那个环保漆的客户没谈成。"

"没谈成，该刷墙也要刷呀。"

"我不想看见油漆这玩意儿，先别和我提这事了。"

"客户没了，日子难道就不过了吗？"

"你整天不在家待着，何必要跟这个房子过不去，现在又来跟我过不去？"

"我在公司里天天忍着别人的脸色，难道进了家门不能看点舒心的东西？"

我把李想从沙发上推开，他抱着抱枕不放。我硬是把抱枕从他怀里拽出来，扔了出去，碰翻了桌子上的玻璃杯，杯子碎在地上的声音空洞而响亮。

李想打开大门出去，风猛地把门吹上了，玄关的相框被震得掉下来。我拾起抱枕，打开门追到电梯间。

我站在走廊里，看着李想，他逆着光站着，黑乎乎的脸上似乎带着某种征兆。我把抱枕紧紧抱在怀里，站在他面前，不知所措地用目光挽留他。

抱枕的棉布套里有什么东西，拉开拉链，里面掉出几张红红绿绿的地产宣传广告。

"这是什么？"

李想不理会。我拿在手里仔仔细细地看，上面都是些“通惠河岸、地铁直达”的字眼。

我继续说：“要买房子？干吗藏着掖着不告诉我？”

“本来以为使使劲，咱们交个首付，再一起还贷款，可是看了一些，要么太远，要么太贵。”

“我知道，所以想自己刷刷墙就好了。”

“还是自己家的墙刷起来才高兴吧？”

“走一步看一步吧。买了房子，我们要还贷款，还要在市区租房，出门肯定连车都不舍得打。”

李想瞪了我一眼，没说什么，掉头回了屋，拿着自己的苹果笔记本坐在沙发上，噼里啪啦开始打字。他工作不顺心的时候总是这副样子，仰着头靠着沙发背，膝盖和腿搭成电脑架子，把笔记本放在大腿上，牙咬得紧紧的，和屏幕上的东西较劲。我也抱着自己的电脑，默默地坐在了他旁边。

我自己在淘宝上下单，买了三罐鹅黄色的油漆。不止如此，第二天，我还把沙发挪了出来，准备在散味道的时候睡在房间外面。

李想看到了说：“先别刷了，房东说过会来查房。”

我回了一句：“签合同的时候是中介代理的，都到现在了，谁家的房东会这么有闲情逸致来看房子。”

可是房东真的出现了。

周末我刚给自己用报纸折了帽子，在床上盖好一次性的塑料布，外面就有人敲门。

李想去开门，两人说了几句，他略带点诧异地说：“您好您好，请进。”

来人坐到了沙发上，我转身看了她一眼，呆了一瞬，正想拿矿泉水的手抽了回来，六神无主地进了卧室，听着李想和她的对话。

来人一口软绵绵的台湾口音：“这房子我第一次租，本来说交给中介不管了，但还是有点不放心呀。”

李想说：“我们平时都忙，不怎么在家，不能把房子怎么样。我们工作再不开心，也不至于给你嚯嚯家，自己还住呢不是。”

“听你的意思，是不愿意我过来看看了？要是打扰你们了……”

“你这不是已经打扰我了么？”

“你这话是什么意思呀……”

这时候快递来敲门，大声说了一句：“夏涵在这儿住吧？快递签收一下。”

房东听到了，说：“夏涵？”

我只得挤出笑脸，走出卧室。这一次躲是躲不过了，毕竟我也万万想不到，我的房东竟然会是徐明美。“不好意思，我刚才在换衣服，没出来打招呼。”

“真是没想到啊，租户竟然是你，那我可就……放心了。”

李想站在一边，奇怪地看着我们，我只好解围说：“这是我同事……我领导，徐总监。”

徐明美说：“这位是你老公？”

我只得尴尬地点点头。

还好徐明美没再纠缠什么，略微嘱咐了几句，就起身走了。送走徐明美，李想在一边嘀咕：“就是她？租个房子都这么麻烦，怎么不自己住，自己天天看着啊。”

第二天上班前，我乖乖地把那些油漆放到了阳台的角落里。

6

这一年的跨年夜，我刚刚结束一个视频会议，心力交瘁地打车回家。路过三里屯的时候，许微微给我来电话，在电话那端哭，她说不喜欢上海，再努力地学上海话，都觉得自己是个外人。

她在外滩看烟花怎么也笑不出来，也喜欢不上这个没有暖气、开空调会流鼻血的城市，更不喜欢谈恋爱时用男人肯为女人花多少钱来衡量的习惯。

我握着手机说：“三里屯前面的广场上人还是那么多，外面堵车，地上的雪还没化。”说话的时候，我脑袋靠在车玻璃上，口中哈出的气让视线变得雾蒙蒙的。这么冷的天，还是有女孩子露着脚踝，躲在厚重的羽绒服里，从一个酒吧换到另一个去见朋友。

其实跨年夜的酒吧里是没有什么朋友的。我和许微微有一次在工体附近的俱乐部一起跨年，接近零点的时候，大家一齐喊倒计时，鼓点强烈的音乐里揉进忽明忽暗的灯光。墙壁上打着一盏灯光组成的时钟，零点的那一刻，身边的男男女女都抱在一起。许微微刚巧在一个短暂的空窗期，我们面面相觑，只得喝光了杯子里加了冰的威士忌，互相拍了拍手。

那次之后，许微微跟我说，以后再也不要以单身的身份跨年了，太难过了，一个新的年份都没有人和你一起开头。

而今年的许微微身边一定有人，她冬天里喜欢把手塞进对方的大衣口袋，两个人都暖融融的。

我去年冬天还是戴着毛线卡通手套，今年换了一双有兔子毛圈的黑色皮手套，我没奢望过冬天哪个人的口袋能多装下我的一只手，尽管我的手也曾插在李想的口袋里，但始终觉得是个过客，不是另一个主人。

许微微果然说到做到，没过几个月，便回了北京。她约我在酒吧见面。摘下墨镜的时候，我发觉她有什么地方不太一样了。

她说喊上顾若熙一起聚聚，其实我有点尴尬的感觉。结婚的时候李想没有同意邀请她，可婚礼第二天，顾若熙转了五千块到我的支付宝里。

顾若熙飞快地开车过来，落座后，尖声喊我一声“李太太”，转过头对许微微说：“我不离开北京，是因为无处可去。你都去上海呼吸金融城市的尾气了，怎么还要回来？”

许微微说：“因为没法喜欢上那个城市啊，感觉淮海路再好看，也比不过二环里的破胡同。街头的咸豆花再好喝，我还是喜欢公司门口小摊卖的糖油饼。”

顾若熙去洗手间补妆，回来说：“许微微哪儿有点不一样了。”

我们都发现了，许微微纹了又浓又黑的眉毛。她那天一气喝了两杯长岛冰茶，才说了关于眉毛的故事。

她拨着眉毛给我们看，下面有一个想盖住的疤。那伤口是她满心以为会修成正果的人留下的。许微微伸开胳膊比画着说：“我想让他陪我过生日，他却连着一周都在加班。于是我提了分手。他一个巴掌甩过来，我哪是忍气吞声的脾气，就和他扭打在一起。”

我想象不出那个斯文的男人动起手来什么样，原先我只见过他喝多了酒，两颊红得发紫，有点傻里傻气的形象。

许微微说：“眉毛是他拿花瓶打伤的，我的头足足懵了十分钟，以为自己要破相了。”

那时她满脸是血，也满脸是泪，头发蓬乱，和平日里娇小可人的模样判若两人。

许微微不让他开门出去。男人靠在沙发上，也哭了。他说自己在公司抬不起头，身边的同事要么是父母有钱，要么是老婆的娘家有经济实力，他一样都没有。除了比别人多干一些，什么都做不了，给不了许微微羡慕的那种随手买个包当礼物的爱情。

谁知道，还没等到许微微正式和他一刀两断，那男人忽然消失了。原来的房子退了租，手机销了号，无论许微微怎么找都避而不见。她从他朋友那里打听到，其实那男人搭上了公司副董事长的女儿，已经出双入对许久，在公司里早就是公开的秘密，只瞒着许微微一个人。那狠狠的一巴掌和摔碎的花瓶，不过是早有预谋而已，只是想让她主动滚得远远的。

许微微说：“上一次我来北京可以找张千瞳，这一次我来还能找谁，还是靠自己吧，靠谁都不如靠自己。”

她们开始问到我，我说起美豪广告的徐明美。顾若熙撇撇嘴说：“这世上还有比我讨厌的女人吗？这么讨厌的女人居然还有个房子，太不公平了。我存了首付，可都放在创业公司里。最近有个项目周转不灵，上个月给大家发完工资，余额只剩下五百块，晚饭吃牛肉面都不舍得加个蛋。”

我问：“那我应该怎么办？”

“我以前跟你说什么来着？”

“想要的东西就要大胆地拿。”

我忽然意识到，顾若熙的指点真的可以当锦囊妙计来用。

散场的时候，顾若熙拿出会员卡，说自己的公司常在这里招待客户，跟许微微抢着埋单。最后服务员不好意思地用眼神示意，我已经结了账。

这都是我的朋友们，大概只有朋友才不会变。

7

美豪广告公司在临近年中的时候开始筹办年会。这儿大部分公司的年会上，都几乎可以听到全国各地的口音，很有春节晚会的祥和风范。而在美豪广告公司，几位高层中有新加坡人和美国人，开会的时候凑在一起讲流利的英语，出了门去旁边胡同里的餐厅吃午饭，也能有腔有调地说来份羊杂汤，不要香菜。

每个部门在年会上除了总结汇报之外，还要准备一场演出，来展示专业能力之外的多才多艺。徐明美说：“听说夏涵是特别会生活的人，才艺方面一定没问题吧，那就由你来做咯，我们的面子全都靠你了。”

要不是她说话时皮笑肉不笑，单听她的口气，我还以为是在冲我撒娇。

我原本想说，最近客户还要一个下半年的竞品报告，哪里有多余的时间做什么演出练习。可如今徐明美不仅是我的上司，还是我的房东，我已经过了一不开心就写辞职报告的年纪了。

我忍下这口气，因为美豪是我自己选的。而想多赚点钱，将来拥有一个属于自己的家，也是我的选择。

这时，陈非主动站出来说："我来帮夏涵姐。"

徐明美厉声说道："你手里的工作还没做完吧，这些事情就别乱掺和了！"

我筋疲力尽地回了家，李想这天下班居然意外地早，看到我回来，他一副欲言又止的模样。我不免带着几分好奇问他："李总监这是怎么了，今天居然没加班？"

李想躲避着我的目光，说："我和你说个事儿。"

"哎呀，有什么事你就直说呗，看你这做贼心虚的样子，难道你出轨了？"

"你想到哪儿去了……是工作上的事。我最近……想争取在GW的升职机会，最快的升职路径，就是到日本培训两年再回来。公司同意把今年的培训名额给我了。"

我呆住了。

"你去日本培训，我怎么办？"

"你跟我一起出去不行吗，公司会安排住处，也会多给一份补贴。你可以在那里再找份工作，或者到周边旅旅游也可以，咱们至少不用自己交房租。"

我不知道开口拒绝会有什么后果。我低着头玩遥控器，电视电源没插，我把红色的开关键按了无数次。李想知道，我犹豫的时候就是这样。

沉默了半晌，我终于开口说："我想留在美豪，也想待在让我觉得自由自在的地方。"

"夏涵，你总是什么都想要，这世上做什么事都有代价的。"

"我难道不知道吗，我在的美豪广告，我现在的职位，和我结婚的你，我离开的家，可不都是我换来的？站在你面前的我也是我换来的。我丢掉的东西都要立个碑给你看吗？难道要我为了你，把美豪的工作丢了？你以为我还是那个傻乎乎的，跟着你做什么都行的小姑娘？"

"我们还会回来的，又不是一直在外面飘。"

"那我的两年空白期怎么算，我在美豪搏一把，没准也能为以后的日子存下点什么。"

"你打算咱俩异地？这年头，夫妻做网友靠谱吗？"

"所以你一开始就没打算跟我商量，只是来通知我你要走？"

"我们不是第一天认识了，难道还不知道彼此是什么性格？我有我要的东西，你也有你要的，我们想要的东西大概不一样吧。"

第二天下班的时候我不想回家，想到准备要动身远行的李想，想到那是徐明美装修的房子，想到她时不时还要来关心一下屋里的白墙是不是完好如初，就觉得我在哪儿都只是个过客。

同事们几乎都走光了，陈非还在办公室，他刚收到一个送来的跨国快递，看样子是从国外买了双新鞋。他走到我桌前，抬起左脚尖，说：“这是限量版的小羊皮，不能踩水的那种。夏涵姐，你说好看吗？”

他冲我指指鞋子背面，上面有个金属小牌子写着编号三十八。我问：“这是代表你的名字吗？”

“是全球限量一百双的编号。”

我说：“正愁咱们年会没节目，要不你带我们走秀怎么样？”

我们坐在公司的茶水间，陈非从年会节目开始吐槽，一直说到徐明美，他说：“徐明美有强迫症，每天穿的裤子都要到鞋跟以上三厘米的距离，活得这么细致的人一定跟我一样，心眼小得很。”

说到这儿，他又问：“你为什么要来美豪呢？这儿也不怎么样嘛。”

我说：“我想当最好的广告人，所以要来最好的公司。你又是为了什么？”

他说：“我自己也不知道为什么要来。爸爸要我来学习，可是除了你，别人都不安排什么事给我做。我一忍不住就上网买东西，不然觉得自己都要废掉了。”

我说：“看来无聊还真是昂贵。”

他撇了撇嘴。“夏涵你还有个目标可以去努力，多好啊。我能有什么，前面的路都是大家让出来的，不用说崎岖坎坷了，连个小石子都没有。”

“可能是为了保护你编号三十八的限量小羊皮吧。”

那天晚上回家后，我跟李想说我要留下来，留在美豪，就算有无聊的年会和写不完的报告也无所谓。我等他两年也好，谁没体验过一个人看水表，一个人挂窗帘的日子。

我跟他说："没准等你回来，我已经自己把墙刷了呢。"

我们继续背对背入睡，一夜无梦。

下定决心的人最可怕，因为她们什么都不怕。

8

和外国客户的会议越来越多，我的英语在那群海归面前常常捉襟见肘。亚太区的经理问年会的筹备计划，我吭哧吭哧想不出"一场结合诸位客户特点的创意走秀"要怎么说。徐明美不仅大方流利地讲完，还撒娇地跟经理说："记得要让我休年假啊，人家都三年没有休息过了。"

会议中途，她在本子上写字给我看：今年客户要节省预算，节目尽快准备吧，好好表现，不然我们下半年很难过，还嫌我们加班加得不够多吗？

我坐在视频会议的桌子前，看着他们继续在别的议题上争得面红耳赤，觉得自己像走进了《广告狂人》的观众，只是无法加载字幕。我不得不在早晨上班的路上，开始戴着耳机听BBC广播练口语。车窗外的风景从住宅区变成商业街再变成写字楼，永和豆浆和7-11外总有端着早餐的年轻人，公交站牌的广告不到一个月就会换一个明星的脸，和这里的人潮一样一茬接替一茬。

但在这个城市，做什么都不会太晚，都不会有人觉得你是徒劳。这是一个遍地行走着怪人的地方。有人守在电脑前等一款手机的限量发售号码，有人热火朝天地买据说一生只能买一次的玫瑰花。也有像我这样等着在线上抢两张五月天的工体演唱会门票的人。

晚上和同事们开始准备年会的节目，大家都说想早些回家，让我左右为难。陈非看到我尴尬着急的样子，说："我今天过生日，大家一起来陪我吃蛋糕呀，顺便也聊聊节目的事。"

过了没多久，真的送来一个大蛋糕，上面画着一个穿皮鞋的海绵宝宝。他吹完蜡烛告诉我们："今年的生日心愿，就是我们组的年会节目能拿到第一名。"

甜食让人快乐，那个中间夹了芒果馅料的方形蛋糕带来了一晚上的欢声笑语。我们一边吃一边听陈非的成长经历。他从小在胡同里长大，还不认字的时候就教邻居家的鹦鹉说脏话，个子没多高就骑着爸爸的自行车逃课，刚会说几句英语的时候在异国他乡长大，青春年月里泡外国的长腿姑娘，在宿舍里拿酒精炉煮火锅开派对。他说那些纨绔子弟啊，一句 I love you 都说不利索，回了国还是举着海外精英的牌子泡妞。

排练完我们一起下楼，我问他："你泡过多少？"

他说："要是你喜欢怪人，其实我还是挺可爱的。"

"少来，你真以为自己是陈奕迅？"

"我是陈非。"

"我记得陈非是摩羯座，现在怎么又成了双子座？"

"能和同事们一起嘻嘻哈哈地过一晚上就行了，多过一个生日又不会真的老一岁。"

我说："谢谢你，知道你是为了让大家留下来配合我排练。"

“这有什么，我小时候生日都是一个人过，现在有了同事，恨不得天天过生日。”

晚上我回家的时候已经凌晨一点，李想还是没有回来。

不声不响的晚归总代表着要发生些什么，或者已经发生了什么。

我在陈非的假生日聚会上喝了点香槟，被酒精刺激得难以入睡，回忆起和李想在这张床上发生的很多故事，赤裸相拥的第一个晚上，咬着耳朵聊天的第一个通宵，彼此指责的第一次吵架，心平气和的第一次道歉，我在记忆里一个个画正字。天亮的时候，那些正字后面多加了一笔，那是李想第一次彻夜未归。

很多夫妻间不可挽回的局面，都是从其中一方彻夜未归的那一天开始的。这个念头涌上来的时候，我发现自己和所有的庸俗女人没什么两样，无论我们住在南方还是北方，住在东四环还是西四环。

阳光从窗帘缝钻进来，我忽然不想要一面鹅黄色的墙了，一个没有了爱和生机的房间，刷成什么颜色都于事无补。

人会丢，但是工作不会，我化好妆出门的时候决定和徐明美和睦相处。用美豪流行的话说，就是需要她支持我，那天我连唇膏的颜色都故意比平日里用的淡了很多。

我听到徐明美在洗手间洗手时，说自己没买到五月天演唱会的票，特别遗憾。真是看不出来，她居然也会追星。

年会的节目需要她审批新的预算，我知道放在平常，会换来一句毫不温柔的讽刺或者挖苦。于是我拉开抽屉，做了一个决定。

我对徐明美说：“我这里多出两张五月天的票，听说你喜欢，送给你吧。”

“哎呀，谢谢，夏涵。新的预算我听陈非跟我说了，你在系统里发过来吧。”她脸上泛起一点粉红的颜色，像少女一样。她到底期待在体育场有一场什么样的约会，和什么人一起听歌、欢呼或者流泪呢？

那门票本来想拿给李想。他好声好气地给我解释一下没回来的原因，也许门票我会留下，成为我们记忆里又一个美好的正字，又一个美好怀念。但是他像什么都没有发生过一样，平平常常地度过这一天，下班的时候带着我喜欢吃的车厘子回来，跟我说起外调培训的进展。我大口吞着六十多块一斤的车厘子，手指染得像是浸过血。

演唱会结束的第二天，徐明美跟我说：“夏涵，谢谢你的票，只是昨天我儿子没能来北京，我自己去的。”

第一次看到徐明美那么失落，我还以为她是个血槽永远不会空的女反派。她勉强堆出的笑容，怎么也藏不住脸上的法令纹。

9

在只有顾若熙、许微微和我三个人的QQ群里，某天晚上忽然发了许微微和张千瞳的合影。我和顾若熙连着发送感叹号。许微微却大大方方地说：“一起来吃饭。”

餐厅里，许微微半躺在张千瞳怀里，告诉我他们又和好了，衣不如新，人不如旧。我觉得那姿势怎么那么熟悉，橙子当时好像也是这么向我介绍老广的。

顾若熙比平日里多戴了一个素净的裸戒。一向在朋友圈里晒东晒西的她，却没有炫耀过关于戒指或者送戒指的人的故事。顾若熙一贯都那么淡然，让我没法想象出她以前和李想谈恋爱的模样。我几次三番想问问她以前他们恋爱时的相处模式，但始终张不开嘴。

许微微想在网上开个店卖衣服，我说："刚认识你的时候，就知道你对服装感兴趣，未来的服饰巨头正在冉冉升起啊。"

"回头进了新的原单货，给你留着。"

"这下子不用存钱去翠微百货了。"我打趣她。

"那时候真好啊，随便试穿一件衣服都觉得开心，像小时候踩着椅子从柜子上偷一块大白兔奶糖。"

"瞧我们现在，起码有半个柜子的衣服该扔了吧。"

"少来，我可是喜欢断舍离的，这次回来好多旧衣服都没带来，没有存货跟你换着穿了。"

"你瘦成这样，咱们没办法换着穿衣服了。"

"我慢慢吃回来还不成么，还不是上海的姑娘们，中午点一份沙拉都要打包一半当晚饭吃，吃两片菜叶子就嚷着撑死了，让我不好意思在餐桌上多待一分钟。还是喜欢北京大妞，稀里呼噜地吃卤煮火烧，用涂着红指甲的手一头一头地剥蒜。"

趁着顾若熙出去打电话的空当，许微微悄悄告诉我，她五月二十二号晚上，看到顾若熙和李想在东四通宵营业的咖啡馆喝咖啡，恰巧那天张千瞳也和她约在那里。

那个日期，正是李想彻夜未归的那一天。

我耳边又响起顾若熙跟我说的“想要就去拿”的话。她和李想有过亲密无间的青春时光，她现在也要把他的感情拿回去了吗？她何必又要往回拿呢？

女人的中年危机来得永远要比男人早得多，当粉底再也遮不住脸上的疲惫的时候，会拼命抓住身边得不到的东西吧，可能是怕再过些年真的没力气抓住了。

顾若熙在我转正时送我的那支迪奥口红，我又买了很多次。我花了用完几管一模一样的口红的时间，从一个一无所知懵懵懂懂的人，变成了美豪广告公司的客户经理，也从一个失恋者成了已婚人士。用掉那几管口红的时间居然那么长，长到我从全心全意相信顾若熙到开始质疑她了。

顾若熙回来后，我还是忍不住开口问，她和李想的彻夜长谈到底是为了什么，她不肯说。

我说：“那好，既然走到了这一步，我就和李想离婚吧。你曾经告诉我想要的东西就去拿，我不要了，也应该快点放手吧？”

离婚，这两个字那么顺理成章地从我的嘴里说了出来，似乎是理所应当的打算。

顾若熙说：“你拿这个来威胁我做什么，我们早就结束了。我要是真抓着李想不放，你和他也走不到今天。我现在自己公司发展得好端端的，李想就是一个陈年皇历里的人。”

“别在我面前炫耀好吗？是，你现在什么都有了，可发现唯独少了一个老公，所以在我这里找优越感？如今你事业有成，买了车开了公司，我在美豪还不是天天惨兮兮地加班，等地铁回家！”

“夏涵，真没想到有一天你会嫉妒我。”

“是，我就是在嫉妒，从我第一天认识你的时候就开始嫉妒了。我没有你那样的野心和勇气，用了那么长时间，和你靠得再近，活得也没底气。”

许微微在一边拉拉我的袖子，她的意思是说，她告诉我这件事只不过是友善的提醒，没想让我把友情也一并撕烂了。

许微微不知道，李想一夜未归成了压垮我的一根稻草。我容忍过那么多事情，容忍过他所有的自私和顽固。他把袜子扔在沙发上，把西装随手扔在床下窝成一团，却在我赶着上班前说开会要穿，让我拿挂烫机熨；他一个人点外卖，吃过的餐盒留在房间里过夜，第二天满屋子刺鼻的味道。

我曾经崇拜的他的光环，在一天天的消磨里都无影无踪了。其实，我不是想要一个有鹅黄色墙壁的家，只是想要一个完全属于自己的家，无论租的还是买的；也不是想要一个理想型的丈夫，只想让李想做一点让我稍感宽慰的事罢了。

10

为了让年会的节目顺利演出，徐明美正式让陈非加入我们部门，成为我的工作搭档，以便留出时间来练习。她悄悄拉我到一边说：“陈非的背景你也知道，得让他回去跟爸爸聊天的时候，给我们组多说几句好话。”

陈非的工作热情像股票一样噌噌上涨，为了能早些开始排练，他开始学着做项目方案，说帮大家多分担一些工作，晚上就能早回去一些。

当天的晚餐陈非帮我们叫了外卖，送来的是庆丰包子。我又从楼下的便利店买了几个黑椒牛肉饭团和大家一起吃，陈非坐在我旁边，盯着我熟练地撕开饭团咬上一口，他也撕开一个，不小心把外面的海苔扯碎了。

他鼓了鼓嘴巴。"为什么不吃包子，多好吃啊。热乎乎的，吃了心里都暖和。便利店的饭团是冷的，还这么怪模怪样的，好吃吗？"

我酸溜溜地说："我啊，以前太穷，天天晚餐吃包子省钱，吃得太多了。就让我吃一顿怪模怪样的饭团好吗？"

陈非摇头晃脑地跟我讲，他从小到大吃什么做什么都被安排好了，一天要吃够二十几种颜色，要有多少种维生素。一次爸爸知道他晚饭居然买了包子吃，觉得是天大的错。

他兴奋地拿起一个猪肉梅干菜的包子，一口塞进嘴里，满脸幸福地咀嚼。而我现在闭上眼睛都知道，那个包子有严格的规范标准，每个的褶子的数量都在十八到二十四道之间，这样才能做出统一的味道，每一次吃都不会有意外。我从里到外地了解那个包子。

陈非在送我回家的路上说："其实庆丰包子是挺放心的连锁店，家人硬是觉得没营养，不让吃。"

我说："听起来和辣条一样。我们觉得好吃，家长却不让吃。"

陈非一本正经地问我："辣条是什么？"

我从他的小跑车上下来的时候，笑得前仰后合，说："等你在我们组转了正，就请你吃辣条，一定不告诉你爸爸。"

下车走了几步，不早不晚碰上了刚好路过的李想，他的影子被路灯的光芒撕扯得长长的，稀稀落落的。看着陈非远去的车，他说："男同事的车真不错，坐着很开心吧。"

乘电梯上楼的时候，我看着面前的电梯门映出的李想说："你没回来的那天晚上去见顾若熙了？和她聊了一晚上，都聊了什么？现在是不是觉得我不够好了？"

他一路沉默着，直到打开家门，他指指我一直想刷的那面墙说："夏涵，你是不是总觉得自己手里的东西是不好的？无论是工作、房子，还是男人？"他继续说下去，"你一开始吸引我的地方，就是你永远往前看，从四环看着三环，从小公司看着美豪，从客户执行的职位看着客户总监，你永远都有那么多力气。但一路到了现在，你不会觉得累吗？"

"特别累，但我没有别的退路。"

"我来北京很多年了，想有个家，也有了，想得到很多东西，都得到了，可是我也没觉得快乐。你知道这么多年，我的生活半径在这么大的一座城里，很少超过出租车的起步价。不管世界多么大，属于我们的只有很小的一部分，小到只是一直在那儿吃午饭的几个馆子，晚上去逛逛的一家超市，偶尔去剪头发的理发店。剩下的都在我们的幻想里，我们幻想着以后能得到什么，然后咬着牙撅着屁股挣钱。年底回家，别人问起过得好不好的时候，只能笑笑说还不错。我承认自己给人的印象不是什么君子，喜欢用些手段。但是夏涵，这一次我见顾若熙不是你想的那样。她是你以前的上司，也是你现在的好朋友，我们只是谈一些工作上的事，很重要的事，她不想让你知道。你别忘了，我们当初要是在一起，现在孩子都会打酱油了。”

我说：“你和顾若熙都说了一样的话，到底是什么事情，真让我觉得有兴致。”

“你还没告诉我加班为什么那么开心呢。”

我说：“公司里一个富二代实习生，没吃过辣条，也没怎么吃过包子。”

李想歪了歪嘴。“很奇怪吗？你记得咱们俩第一次去吃西班牙海鲜饭的时候，你把柠檬吞了吧？”

那次我们约在影城看电影，看见一家西班牙餐厅在试营业，挂着全单六折促销的牌子，就乐颠颠地进去了。西班牙海鲜饭的大盘子端上来，下面的木质餐垫边上摆着一角柠檬。我以为是拿来开胃的，直接就吃掉了，酸得龇牙咧嘴。

那家店的海鲜饭其实并不怎么样，连虾都不够新鲜，店铺没挺过试营业的阶段就改头换面了。如今我们分得清什么样的海鲜饭好吃，也知道如何优雅地用三个手指来挤柠檬，都是在各种应酬中跟别人学会的，再也没有犯那次的错。

最后，那一顿海鲜饭吃到饭都冷了，服务员来添了好几次水，我们才依依不舍地离开。我没绷住，趁李想用右手推开门的时候，拉住了他的左手。

我跟李想的下一次约会，是我主动提出，要在家里为他做一顿正宗的西班牙海鲜饭。

那是海鲜饭对我的意义。我猜包子对于陈非来说大概也有类似的意味。

11

“听说了吗，客户部的夏涵趁着年会拿了不少供应商的回扣，难怪前阵子整天要加礼品预算，都放进自己口袋里了。”

“她可不就是那样的人嘛，天天一副拼命工作的样子，抢着露脸的事一件都少不了她，还不是演戏给领导看，让领导觉得她是个能信任的人。”

“当时她还想跟徐明美抢位子，算计老大的人，还是小心些吧。”

一夜之间，无论我是躲在洗手间的隔间里，还是藏在电梯间的角落，都能听到这样的对话。

这可能是我这么多年以来，第一次登上同事们的热门话题榜。一个团队中发生任何一件事，都会分成几个队伍，成为话题那一位的所作所为都能变成站队的证据。甚至在我去茶水间冲咖啡的时候，都有无数假装忙碌的眼睛跟在后面。

一开始，那大概只是徐明美嘴里一个尚未成形的念头，在她精心保养的洁白牙齿间孕育很久了，从她给我安排年会节目的时候就悄悄生了根。当她站在领导的办公室里，被忽然而至的审查小组盘问的时候，她终于决定要把那个炸弹扔出来了，不偏不倚地正投在我身上。

徐明美不慌不忙地说："账对不上的原因，可能是夏涵找供应商买的礼品费用有问题，我需要时间调查。"

在我马上要入选年度优秀员工的空当，"可能有问题"很快成了"真的有问题"。美豪公司每一年都会出一本内部刊物，记录这一年给客户的优秀提案，是业内炙手可热的参考资料。我以为自己距离目标只差一步了，马上也能成为一个和广告大师的照片印在一起的小人物，却在这个节骨眼上被脏水兜头泼了一身。

周六原本和李想约好在家里做海鲜饭吃，我还特意去买了我们第一次约会喝的那款巴黎水。那是年少无知的我喝过的最贵的矿泉水，满嘴的泡泡噗噗地跳在舌尖。

李想很早就出了门，中午的时候，当时采购产品的供应商通知我，要给我货品收费清单。我在家里惴惴不安地煮了碗面条，没滋没味地吃完，每一口都吃得心事重重。

等不及供应商发快递，在阴沉的天气，我决定出发去找人，亲手把清单拿过来。

天气预报说会有雨，我特意把平日里遮阳的小红伞塞在包里，甚至还多带了一个黑色购物袋，想着回来的时候去菜市场买些青口贝和海虾，还要新鲜的青柠檬。北京的雨季，雨来得迅速又任性。

以往下雨天很少出门，我没有什么能踩水的旧鞋子，哪一双都舍不得狠狠地穿。可这一次我见供应商要录音，要把所有的清单都要来，要证明我才不是徐明美说的那样的人。好名声有多难维持，随便一个鸡蛋壳都能引来满头的苍蝇。

供应商那边的联系人小王在广渠门的一个写字楼开会，我在附近找了家咖啡店，点了杯味道寡淡的拿铁。我坐在吸烟区吸了很多二手烟，搓着手思索犹疑不定的未来，随后跟隔壁桌一个正在疯狂打字的男孩要了一根烟，也抽起来——谁都会慌张，这里所有的人活得都慌张。

忽然打了几个响雷，天阴得都要黑下来了。雨点飞快地落了下来，敲在玻璃上啪叽啪叽响。窗外一下子就模糊了。

我没忍住去看了几个同事的微博，他们在评论里把我说成了一个贪赃枉法的恶毒女人。

小王总是不出来，我撑着伞跑到他开会的写字楼下。离开咖啡店前，我拍照发了条云淡风轻的微博说，已经到傍晚了，再迟的话，超市里的青口贝要卖完了。

我站在写字楼的大厅里等，短袖衬衫淋湿了。刮着大风，雨是横着扫到人身上的。

外面马路上的积水越来越多，刚才蹚过来的时候水只到脚踝，不一会儿一个骑三轮车的大叔经过，水都到了他的膝盖。好端端的一条马路淹成了河，写字楼的保安迅速拿了防汛沙袋塞在大门口。

小王还没结束会议，给我发短信说外面天气不好，要我快些回去。我说怎么能走呢，我一刻都不能等了。

可我眼前又出现了在超市生鲜区摆着的青口贝，正一个一个被人拿走，心满意足地带回家。

好不容易拿到东西，告别了小王，我站在公交站台上等车。站台旁挤满了人，我站在站牌旁边的座位上，那像是洪水里唯一的一根救命的木桩。

能带我回家的车总也不来，只看到街边低洼处停的车的车轮渐渐都浸在了水里。衣服早就湿透了，像头发一样紧紧裹在我的身上，手机不知是电量不足还是进了水，沉默地关了机。我收不到李想随后发来的消息，他因为大雨被困在机场地铁线当中，用完了手机的电量，也拨不通我的电话。

持续的雨声让人觉得耳鸣，好像这个灰蒙蒙的世界上只剩下自己一个人。我把装着救命清单的包捂在怀里，呆呆地站着，把回忆里很多的日常细节拿出来翻看。瓢泼的大雨当中，我想回家，这会儿觉得哪怕只有光秃秃的白墙，那也是个遮风挡雨的地方。

远远地，听到已变成小河的马路中央有人在叫我。那声音很熟悉。我用力向他挥手，晃着手里的红伞，像是困在山间的登山队员发现了营救者。

陈非打开车门下来，连拉带拽地把我拖上车。看到他的那一瞬间，我大喊着："你怎么来了？"

他说："看到你刚才那条微博的定位了，知道你肯定在这附近。"

我说："看到微博就要来吗？雨下得这么大。"

他说："我知道你肯定会因为公司的事来找小王。"

每说一句，我们都从嘴里吐出水来，像在这弥漫着灾难气息的街道上上演《泰坦尼克号》。

他几乎是带着我游回家的。我不记得用了多长的时间，眼前都是黑漆漆的天、车辆的黄色灯光、五颜六色的塑料雨衣。

他送我上楼，在地板上留下一串湿淋淋的脚印。劫后余生的陈非和我裹着毛巾站在洗手间，围着浴霸取暖。他擦完头发才想起没有换鞋，我看见他从小羊皮的鞋里倒出雨水来。

我的心都要疼起来了。

这时响起了开门声，李想推门进来。三个人对视了一秒之后，他的拳头甩向陈非。

我眼前的一切成了加速快放的镜头。他们的拳头在挥动，伴随着膝盖或肩膀撞击墙壁的沉闷声音。陈非的头发上还滴着水，甩出的水滴淋在柜子的玻璃门上，连成纤细的弧线。

李想的脸颊也挨了一拳，瞬间由红变紫，渗出斑驳的血迹。

他恶狠狠地直起身子，掐住陈非的脖子按在墙上。陈非的眼睛因为愤怒和冲动大睁着。

我冲过去把李想抱住，把他按在沙发上。李想喘着粗气，眼睛像野兽一样盯着陈非。陈非整了整衣领，狼狈地低头看看自己光着的脚。

后来我们三个人坐在沙发上企图言和。听了事情的原委，李想说："不就是一份工作吗？你为了美豪，这些年忍受了多少，你觉得值得吗？"

我说："这是我自己的工作，一切都是值得的，这是以前你教我的呀。"

李想什么也没说。我用酒精棉球给他擦着脸上的伤口。

这时陈非开口了："对自己的老婆，就应该给她最安稳的生活，你这样的老公才真是没出息。她天天在公司累死累活，你倒是会说风凉话。”

“你管得着吗？”李想拾起沙发靠垫，扔到陈非的脸上。

陈非还击前把我推到一边。我颓丧地看着失控的两个男人在地板上扭打，像两个不怕死也不怕疼的调皮鬼，在这样的大雨天里一定要分出胜负。

我站在角落掉眼泪，忽然觉得自己好像是做错了什么，但不知道错在了哪里。

12

“周末你去机场干吗？”

雨停了，我才反应过来。

“顾若熙离开北京了，我去送送她，因为下雨，迟了好几个小时飞机才起飞。”李想说。

“我以为你要偷着跑到日本去呢。”

我当真是生气了，为顾若熙的不辞而别生气。她不声不响离开了，只把消息告诉了似乎和她早已没有关联的李想。

离开之后，她的手机号码注销了，微博里陆陆续续发一些背景陌生的照片，一会儿戴着尖顶的竹帽子、穿着红色奥黛站在越南的田野里，一会儿在澳洲的草原上和羊驼合影，她不回复我的留言和追问。

后来她的合影里多了个比她年轻很多的男人，大概同我年龄相仿，单眼皮，高个子，笑起来露出整齐的八颗牙齿，打扮清清爽爽。顾若熙介绍说他是中韩混血，父亲是韩国人，留在大连生活，他们的相识源于他来顾若熙的公司面试设计师。

顾若熙回复我的消息，是因为我先发了微信对她说："我可能做不到了，我大概在美豪广告待不下去了。"

调查组进驻了公司，我从入职到如今的厚厚一沓报销发票都被拿出来重新彻查，HR几乎每个小时都把我喊去办公室核对，我哪里记得住某天晚上打车为什么比平日里多了二十块钱，更不用提商务宴请和团队建设的款项了，恨不得要我重新背一遍菜名。

大家冷冷地看我一遍遍离开座位又回来，在没有我的QQ群里猜测着剧情的走向。连日常的项目推进都有了问题，创意部的人觉得我待不久，我手里的客户也许会在下一任经理上任后有新的变动，于是在工作上推三阻四。

我手里捏着小王给我开的发票和账目清单，觉得那张纸和命运一样无力。我以为那是救命稻草，其实是细细软软的一根草，谁都能掰得断。

顾若熙乐呵呵地回复道："不是怀疑我抢了你的老公吗，这时候又来找我。"

我才发现顾若熙于我来说不是真正的敌人。在我无望无助的时候，她永远都是职场上的启蒙导师，给我很多机会看清这个世界有多复杂。而且，她会在关键的时候推我一把，让我知道要抬脚迈过去的不是什么高墙，只是心里的一道线。

可今天她不在我的身边了，她说她要卖掉自己的创业公司，把过去没放过的年假一并拿去旅行。她解释说："我只想要钱，哪里懂什么事业。"

我继续诉说着自己的困境："美豪最近在查我的账目，客户部账目不清可是大麻烦，如今是欲加之罪，何患无辞。"

她说："还是那个徐明美搞的鬼吧？关键不是你以前做了什么，想想她一个副总监到底要什么，你离开的话，她能有什么好处？"

好容易熬过这一天，我晚上出了公司跑到电梯门前，刚刚关上的门又打开了，徐明美站在里面。早知道是她，我一定会耐心等另外一边的电梯，她大概是要刻意营造我们独处的机会。

我们在十六楼上班，电梯落到八楼的时候忽然停住了，我疯狂按开门键，随后连灯也熄了。伸手不见五指，我和徐明美拿出手机来照亮。

徐明美接了一个电话，"妈妈在公司呢，妈妈很快就回家了。"我从未听过她用这样温柔的语气说话。

她挂了电话，非常着急，说儿子刚来北京住几天，就得了热伤风，发了好几天的烧都不见退。她一直在狠狠拍门，物业的人通过电话说正在安排人来救我们。

我们坐在电梯冰凉的地上，等了将近半个小时，我从包里拿出块瑜伽课用的毛巾和她坐在一起。在黑暗中，徐明美问我："万一咱们俩今天没了，你有什么心愿？"

我还没开口，徐明美又问了我一句："你也结婚了，没想过要个孩子吗？"

要个孩子，这是我和李想婚后都没有提及过的话题，哪怕在别人眼里是那么顺理成章。“要什么孩子啊，好好上班挣钱吧。”想要一面鹅黄色的墙壁都是那么难，哪里敢想更多的事情？不说别的，我和李想谁来负责接送孩子去幼儿园？我怎么也不会选择做全职太太。

没想到徐明美会说：“我最后悔的也是生了孩子，有了孩子才开始和丈夫吵架，开始变得心胸狭窄。”

她可真是敢于坦承自己的狭隘，没有她诋毁我的名誉，我何至于连在美豪的成绩都成了骗取上级信任的砝码。

趁着在黑暗里，我把包扔向她的肩膀，说：“你知道我来美豪有多难，要我辞职你才开心吗？我不会走的，绝不会。”

她说：“夏涵，其实我嫉妒你拼命的劲头，你很快就会超越我了。美豪的评估体系很公平，你都不知道你的分数比我还要高。如果是四年前，我一定比你好。谁进美豪广告容易？当时我去台湾的分公司，入职测试的方案我写了几十版。”

我以为自己算是和上司宣战了，之后一定会发生各种惨痛的办公室战争。媒介部和创意部的人见到我都绕得远远的，连一个招呼都不肯打。

但我已经不再是那个低着头吃亏，大不了一走了之的夏涵。如今，我的婚姻岌岌可危，我知道我的事业不会。

我对许微微说：“还是做个当代女性好，不想回家的话就待在公司里加班，能赚钱又消磨时间，不必回家相夫教子。”

“当代女性夏女士，看来最近干得不错，记得也来照顾一下我的小本买卖啊。”

“看来是进新货了？”

“选件最妖娆的，给你留着年会的时候穿。”

“呵，还以为你要说找件最新款的情趣内衣，留着回家穿。我现在是穿不着了。”

“什么穿不着了？”

“好啦，没什么，你赶紧忙你的吧。到了这么个年纪，我们都有不能不干的事儿。”

许微微这一次回来，变得收敛了许多，也温和了许多，连眼线都不再像过去那样画得凌厉，而是柔柔地晕染成像小鹿般温顺的样子。

13

美豪的年会在公司附近的威斯汀酒店租了个宴会厅。我们组的人和陈非一起用下班的时间排练了很多次，陈非还趁机点了好几次包子大餐当夜宵吃，吃饱了边唱歌边跳骑马舞给我们提神。

主持人报完幕，我们排着队向前走，在镁光灯底下仿佛每个人都是万众瞩目的明星。没承想上一个团队演小品，洒了一地的水没擦干净，光滑的大理石舞台成了溜冰场。我们一出来，就脚下打滑，像初次玩旱冰的孩子似的，胳膊打着转，七零八落地倒下去。在远处的观众眼里大概像是撒在台子上的一根根大头针，在背景音乐里倒得乱七八糟。我们嘴上哎哟哎哟地叫唤着，心里出来的字眼是“完了完了”。

在从混乱到安静，又从安静到混乱的过程中，我踩了别人的裙子，别人又踩了我的鞋。我们这个男扮女、女扮男的走秀节目，一出场就成了让人哄堂大笑的荒诞剧。

旁边的陈非想扶我起来。第一下，我的腰立了起来，腿没使上劲儿，又滑了下去。第二下，陈非想来一个公主抱，但我的体重大概超过了他的承受范围，他只得象征性地抬了一下，又架起我的胳膊。镁光灯下，我一脑门都是湿漉漉的汗。观众席里窸窸窣窣的笑声连绵不断，响起的掌声带着看好戏的意味。

但因为这一摔，在人们极力按捺的嘲笑声中，我明白自己一直以来是多么渴望欢呼和掌声，和李想一样渴望。他会在完成目标时给自己一声赞叹。每次提案前，他都在浴室里比画半天，当虚拟的提案结束，他会对着镜子给自己鼓掌。

这一天的掌声我必须要得到。

等到别人垂头丧气带着苦笑谢幕的时候，我拿过主持人的麦克风，跟陈非对视了一下，大声唱了句“欧巴江南 style”，他会意地笑了。

音响师配合得恰到好处，《江南》的音乐响了起来。我穿着杰克逊款的白衬衫和吊带裤，陈非穿着怪里怪气的苏格兰裙，我们伴随着这首红极一时、节奏滑稽而强烈的歌开始跳舞。陈非跳着跳着一把解开领带，拿在手里甩动，俊秀的脸上渗着汗，台下顿时爆发出一阵阵掌声和尖叫。年会的气氛在这一瞬间被推到了最高潮。

再次谢幕后，陈非牵起我的手去后台。此时我脑子里都是李想曾经说的话。他说，想要掌声，你得用很多很多流不出来的眼泪去换，我在客户的会议室里得到过很多掌声，你知道我承受过什么吗？

原来我终于成了和曾令我仰慕的李想如此相似的人，我厌恶他的地方，和如今在镜子前从自己身上看到的一模一样。如果要这样告别美豪，我不遗憾，我得到过所有人的瞩目和掌声。

我心想明天就去辞职，告诉李想我要和他一起走，陪他去日本，看着他成就自己。我也可以做自己的事，比如说选一个喜欢的学校去考研。终于能到更远的地方生活了，什么鹅黄色墙壁的房子也比不上我此刻心里充溢的骄傲。

可是在随后的升职名单里，我听到了“客户部，夏涵，副总监”的声音。

晚宴的酒席中，徐明美跟我说她要离开北京回台湾了，她不想这样拼搏了，要回去和老公和孩子一起好好生活，什么都不如一个家。

她对我说：“租给你们的那个房子，原本想接儿子一起来住，可是他不想离开台北。里面的一切陈设都是按照我老公的喜好弄的，生怕租客破坏了。可我的家已经要完了，我整天盯着那些有什么意义呢？夏副总监，以后要加油哦。”

我呆在那里，连一句再见都没说出口。也许这世界并不友善，而我能做的，就是在黑暗里期待幸运旅程售出的第一张票。

14

陈非收到 HR 发来的转正邮件时，第一个来通知我，说什么都要请我吃顿饭做答谢。他解释道，要不是我在他写报告的时候总唠叨标题要对齐这样的话，他哪里能成为美豪广告的正式员工。

我们在马克西姆西餐厅吃饭。我忍不住问了一句："陈大公子，转正这么值得高兴？你难道不是想去哪里就能去哪里？"

他注视着我的眼睛说："夏涵，我想和你在一起。"

我避开了他的目光。"我们是好同事。"

"如果那么不开心，换个人不好吗？"

这个问题我没有回答。

吃最后的甜品的时候，我说："留点肚子，待会儿吃别的。"

因为刚才喝了酒，他找了代驾开车送我们回去。我在后座上掏出一包辣条给他。他看着那个包装袋说："原来这就是辣条啊。"然后撕开吃了一口，辣得龇牙咧嘴。我看着他滑稽的模样，忍不住扑哧一声笑了。

我等着李想回家，一边等一边酝酿想说的话。我想跟他说，一起离开北京吧，无论去哪里，只要和他在一起就行。

好容易等他回来，李想却说："不去了，我不打算在 GW 干了。"

"你要辞职？怎么没和我说一声？"

"还记得当时顾若熙自己做的那家公司吗。那天晚上没回来，我是陪她一起见投资人去了。我想把她的公司接下来，那时候八字还没一撇，我没法和你说。"

“现在决定了？”

“下半年就准备正式开干，想用她的APP开发团队做些自己的事情，别人都能做得好，为什么我们就不能。夏涵你那时说的对，北京才有我们想要的未来，有很大的空间，也有很多的时间，足够让人找到自己的路走。”

我原本约了许微微，想像她当时离开那样来一次道别宴，谁知最后又成了一场普通的聚会。

“穿着那身衣服，在年会嘚瑟得怎么样？”许微微促狭地问。

“没怎么样，摔得四仰八叉，最后跟团队里的公子哥儿一起跳了骑马舞。”

“呵，不知道你在家里给李想跳是什么样子。”

“想什么呢？”

我和许微微在北锣鼓巷的精酿啤酒屋一杯又一杯地喝啤酒，她喝醉前给了我一个蕾丝的小布兜，说最近生意不错，送我个礼物。我打开看了看，里面是一套黑蕾丝的情趣套装。

我很多次送喝醉的许微微回家，这一次按照她说的门牌号，在她背包侧兜里掏出钥匙打开门。屋里连双男士拖鞋都没有，只有许微微一个人的生活痕迹，她摆在桌上的玻璃花瓶里插着还没有开的荷花。

她的冰箱里常年备有柠檬水来解酒，等她斜靠在沙发上，大声说还要吃薯条，我知道她的酒大概醒了八成，便问：“张千瞳呢？”

她断断续续地跟我说，张千瞳声称父亲做手术要用钱，骗光了她网店里的流动资金，就人间蒸发了。

许微微揪开衣服领子给我看，说："里面这件蕾丝内衣和你是一样的款，店里最好的货，咱们俩一人一件。"

我差点红了脸，许微微接着说："千万别让顾若熙知道，她这样的工作狂如今都跟小帅哥跑了，她得多骄傲。而交过那么多男朋友的我，如今人财两空，我怕她嘲笑我。"

我也喝了半杯柠檬水，听许微微跟我讲顾若熙的爱情故事。那个年轻男孩第一次带顾若熙回家时，把他从小到大买的模型都拿出来给她看，有钢铁侠，有擎天柱，还有蜡笔小新。最后他拿出了一对情人节买的刷牙杯，对顾若熙说，这个家少个女主人。

许微微说着说着哭了，她说："夏涵，你知道你现在越来越像李想了吗，什么时候都那么冷静，你快变成他了。"

我说："只有成了他，我才不会失去他。"

许微微闭着眼睛，朝我竖起大拇指。

周末李想起得很早，跟我说："我们一起刷墙吧。"

"好。"

完工时，他摘下报纸卷的帽子，我勾住他的脖子说："我穿了许微微送我的新衣裳，想看一下吗？"

第四章

Chapter 04

1

“女孩子哪怕离了胎盘，也一辈子都和妈妈一条心。”顾若熙头发上结了冰碴子，在热腾腾的雾气里说。

二〇一四年一月，我二十九岁的生日过得心惊胆战。我和顾若熙、许微微泡在夜幕下的温泉池子里，身上穿着红色比基尼，出门前还涂过薄薄一层口红。终于也到了不敢公开年龄的岁数，面膜上的标签都是抗皱防衰老。

我们盯着夜幕，和二十年前一样幻想着有流星划过，带来能实现的最好的愿望。

对面的男人说等一下要来加我的微信。哪怕离了婚，只要遮掩起户口本上的“离异”二字，那痕迹就不会写在我的身上。要知道为了现在这个平滑的小肚子，我每天早上要早起一小时，到楼下的健身房呼哧呼哧地学着教练的样子举铁。

顾若熙说她想妈妈了，每天都想。可是她回不去了。她曾经很厌恶那个家。她那跳过芭蕾、生孩子后当了饺子馆老板娘的妈妈，在离异多年后终于决定嫁给一个眉眼和善、带着一个小姐姐的男人。春节时母亲给姐姐买了新羽绒服，反而只给十二岁的顾若熙一件毛线衣的时候，她就决定要快点长大离开家。她觉得妈妈不是自己的了。

“哎呀，我真是从小时候起，就因为衣裳学着争风吃醋。后来一个人拼了命赚钱，买自己喜欢的东西。”说完，顾若熙转脸问我：“你现在也是一个人了，围城里转了一圈，没想过要生个孩子？会觉得遗憾吗？”

“怎么你们都问我孩子的事？谁说生了孩子的人生就算是圆满，我成了谁家的媳妇，就欠他一个孩子吗。再说，李想不也是个长不大的孩子？你又不是不知道。”

“我认识他的时候他才十八岁，本来就是个孩子。”

“最可怕的是，他不像孩子的那一面最后都让我学来了。无论做什么事的时候我都会想，如果是李想，他会怎么办。可是回到家，他又变成了一个一言不发的浑蛋，让我多一天也忍不了。太相似的两个人不能一起生活，大学里明明就该开一门叫《如何开启婚姻生活》的课，我搜遍了百度都找不到教这个的。”

许微微打断我：“知足吧夏涵，要知道张千瞳可是骗了人还骗了财，岂不是更浑蛋？”

顾若熙和我们一起爬出温泉池子，站在架子前找浴衣的时候，向我们宣布了自己的婚讯，原来那就是她瞒了很久的裸戒的秘密。

顾若熙说：“我以前以为长大后一辈子都会当主角，可是咬着牙走到今天才明白，你被人关注的理由不是因为你多么耀眼，而是你们彼此需要的时候恰好遇到了对方。”

晚上我们住在三人间里聊天，细细数了来北京的这些年，最后手里留下的都有什么，笑得脸上的肌肉都酸了。关了灯准备睡觉的时候，顾若熙发来微信说：“明白当初你结婚是想超过我们，毕竟那时我和许微微都是不配谈婚论嫁的女青年。以后希望你能过得快乐些，有些风景不属于我们，也真的没有那么美。”

早晨我起来洗漱，把顾若熙的份子钱提前转给了她。顾若熙永远是我的偶像，她的姿态一直都比我漂亮，无论是在莫玛广告公司踩着高跟鞋一路走过的姿态，还是扑向婚姻的模样。她知道自己配得上，而我只是踮着脚，硬要证明自己高人一等。

我害怕听见婚礼上所有善意的问询，也害怕看见她挽着新郎的幸福姿态。给自己留些面子吧，快要三十岁的人了，得懂得成全自己。

2

这个城市给我的糖，已经很难让我觉得甜了。如今的我像是曾经撒娇要买一支棒棒糖，吃到后来不想吃了，也要为当初不依不饶的要求，逼迫自己咬碎最后一口。

好吃的东西在吃第二口的时候，已经没了初次鲜活的滋味。

这城市如同藤蔓植物，让生机勃勃的妖冶的花朵开遍大街小巷。商场里的餐厅和服装店轮番不断地更新，和身边的人一样。从街道的这一头，很难顺利地走到那一头，要么得走长长的路绕过白色的安全护栏，要么得寻找地下通道。我已经走了很长的路，可是还没有绕到我真正愿意止步的地方。

曾经那么热切渴求的工作，现在也常常让人觉得无趣，特别是发现已经碰触到天花板的时候。

公司的季度大会上，亚太区的领导们都来了，酒店暖气十足的会议室里坐满了身穿灰黑色西装的人。我在台下仔仔细细听领导们的发言，陈非坐在我旁边，小声说："哎，咱们的总监们要么是新加坡来的，要么是美国调来的，你想不想当第一个本地出产的？"

我没转头，微微摇了摇脑袋，掩饰涌上来的动心的念头。

陈非接着说："好可惜，听说本地人都不在候选名单里。"

"想这些有什么用，留着力气干活吧，过阵子新媒体的方案来了又要加班。"

"老板们都以为我们加班加到极限，公司的业绩就能像他们说的扩张策略、股票价格一样一路攀升。他们吹着空调，大概不知道员工们熬夜搬砖有多辛苦。"

晚上留在公司里改一个新媒体营销案，我看一眼手表，七点刚过五分，正是所有广告公司的会议室里最热闹的时间。我离开办公室，去楼下的 7-11 买金枪鱼口味的三明治填肚子。这些年它的品质稳如磐石，重量和口感从不会有一丝的偏差，吃完最后一口柔软的吐司，嘴里一定会留下玉米粒甜丝丝的味道。

我站在电梯外，盯着播放广告的电视，吃完了整个三明治。扔下包装纸的那一瞬间，所有的疲惫都聚在肩膀上，从里至外绽放着酸胀感。那个脚步匆匆，恨不得看足商业区春夏秋冬凌晨四点风光的夏涵，终于开始厌恶加班了。

回到办公室后，陈非来问我要他刚开始负责的空调客户的策划案模板，我知道他期待我和上次一样，带着他在会议室里一页一页讲解，跟他说标题的字号用几号才最好看。可是他不知道，那天会议室外站着的是他的爸爸。

而这一次，我只发过去三个参考的PPT，赶在八点前离开。

没人给我规定什么八点九点的下班时间，我不会像过去那样害怕一个人度过睡前的时光，宁愿在公司里做方案，或者为了几千块的奖金，耗得脸上多几条细纹。我想要一个人的放松时间，没有工作，没有邮件，也没有电话，更没有谁的冷脸在家里等着我。

回家路上，我悄悄地去买了初来这座城市最爱吃的牛角面包，总是和许微微等到打半价才买的那种。那会儿它闪着金黄的光，在玻璃盖子里面透出诱人的光彩。

现在尝起来普普通通，可我和许微微的友谊，居然就是从这个曾经像奢侈品一样的点心开始的。

三月的早晨，我在去上班的路上，从热门微博里看到我们公司有个实习生在岗位上猝死的消息，他加班到凌晨，因为过度疲劳导致心脏病发作。

那不会是陈非，陈非早就转正了，不是吗？我开始后悔没好好教他写方案了。

豆浆因为慌张洒在了电梯里。公司门口围了许多记者，我打开公司的 QQ 群，想知道到底出了什么事。陈非从人群里把我拉出来，我不想听他打听了一早晨的八卦，只是说："带上笔记本，跟你说说在提案会上怎么跟客户虚张声势。"

陈非认真地写着笔记，最后他说："谢谢夏涵姐，我们家公司有一个艾德啤酒的品牌要在咱们这儿投广告，回头交给你，算业绩。"

我没想到，他丢给我这样一颗巨大的糖果。

那一天，一切一如往常，亡故的实习生空出的位子由人事助理来清理，很快就会有新的人迫不及待地填上。谁都不会是公司里最重要的人，美豪广告离开了谁，都是行业第一的位置，自然会有想独占鳌头的人进来，这公司是由无数聪明的头脑一代一代撑起来的。

我六点就打卡下了班，成了公司里最早下班的一个人。但我知道，现在公司热议的话题里已经没有人提起我的名字了。

我去三里屯喝酒，花园的顶层天台可以俯瞰被霓虹灯衬得浮夸迷离的夜景。我把白衬衫脱了塞进包里，在初春的冷风里只穿一件吊带裙子，举着莫吉托跳舞，后背起了一层鸡皮疙瘩。一个留平头的英国人端了杯酒和我一起跳。后来我跳得累了，他打车要带我离开，我在车子发动前打开门下了车，留下他趴在车玻璃上，滑稽的脸在雾霾里看不真切。

没有人带得走我了，我也不想跟任何人走，我跟着自己的梦想走了那么远，什么地方也没走到，现在不如跟着自己的心意走。

我想好了，下周就辞职。

3

辞职报告还没交上去，顾若熙忽然约我出来，貌似还挺着急的样子。我紧赶慢赶到了她说的咖啡店，看见她坐在店里喝着橙汁，她大概不喜欢这家店的咖啡豆。

她第一句话就说："你工作又出状况了吧？每次有这样的事，你都会变成哲学家。每一回你都是这个表情，皱着眉毛苦大仇深，出门忘记涂口红就算了，连润唇膏都没涂，真像个放弃自己的单身女人。"

"刚进莫玛广告的时候，你是我心里最优秀的榜样。那时候我想怎么有人活得这么干练，什么事都有个 B 计划，都不会出错，都能做到最好。我连动一下复印机都要让人帮忙，方案想不出来就急得想哭。"

我看着她略微有些苍白的脸感慨地说。

顾若熙说她的爱情和生活才没有工作那么好，现在回到家里，看着花瓶干了也没人记得添水，在厨房连个番茄炒蛋都不会做。

我问顾若熙："什么时候办婚礼，买多大的戒指？"

她没理会我，自顾自地说："都有了，没遗憾了，给人打过工，创过业，赚过钱，也值回这一场票价了。"

我说："你真的值了，以前我以为只要好好工作，就能当上穿高跟鞋脚不会疼的女超人，戴着蓝牙耳机在走路的时候赚大把钞票，能升到被人仰望的职位，站在外国客户面前一句接一句讲英文，把他忽悠得团团转，买衣服也不用再等打折。可是我发现我还是没办法对自己满意。”

我继续说下去：“我想从美豪辞职了，或者说，我不想这么拼命地做下去了。我每天像奔跑的仙鹤一样伸着脖子往前冲，不知道女同事聊的偶像剧里的年轻演员叫什么名字。我有时候也羡慕那些不需要努力就能过上轻松生活的人，那也是一种幸福啊。”

“这真不像是夏涵说的话，你到底在怕什么？”

“怕不被人在意，怕和那个实习生一样悄无声息就没了。”

顾若熙说：“那算什么，刚来北京的时候我最怕押一付三，现在我怕死。我还想去南极看极光，想去太平洋潜水，还想生个女儿，从小给她买最好看的衣服。我那么拼命地工作，连年假都不舍得休，可我想放纵自己去玩的时候，余额却不够了。”

“余额不够了？”

“我们都老了，我的眼袋都大了一圈……稍等，我接个电话。”

聊天被突然响起的手机铃声打断，顾若熙利索地接了电话。

“嗯，是的……医院上个月已经确诊，宫颈癌晚期……接下来理赔的事，就麻烦你了。”

听到那几个字，我的心跳忽然停了一拍。

挂了电话，她平平淡淡地告诉我，她前一阵子查出了宫颈癌，正在接受化疗。我看见的好气色都是化妆化出来的，其实已经什么都吃不下了，吃了就吐。而且，也没有什么婚礼了，那个男人早就搬出了她的家，带着他在每一个情人节收集的成双成对的东西。

我已经听不清她后面说了些什么，每一个字都在我耳边嗡嗡响。本以为只有老年人才会坐在这里聊生老病死。我们的生活是不是推进得太快了？

4

十月，我听到了顾若熙离开的消息。秋日的北京有了清澈透明的蓝天，街边落了满地的梧桐叶子，闪着干净的光。怎么去形容那种干净呢，好像第一次戴着近视眼镜出门时眼前的那种透彻。过街天桥上，早晨上班的白领像约好似的拿着手机对着天空和楼群拍照，如同发现了天象奇观。这样明朗的天气里，我站在天桥上，看着下面匆匆走过的人，怔怔地落下泪来。

擦干眼泪，我还是做了艾德啤酒品牌营销策略的负责人，拥有闪闪发光的人生才是我活着的意义，能让我发光的地方只能是美豪广告。能让我忍着肩膀酸痛，在接到客户的电话时斗志昂扬的地方，也只有美豪广告。

光鲜的外表下必然有不那么光鲜的角落。比如新来的实习生安妮有一次发错了消息，把抱怨的话发到我的对话框里。她说自己没本事给老大拉新客户，怕是要卷铺盖走人了吧，那为何还要为了写策划加班，不如回去睡睡美容觉，谁知道明天在某个停车场能不能结识让她一生无忧的人。

和李想分开时，他对我说："我们总要待在一个让自己觉得舒服的地方。"

签完离婚协议，我如释重负，把墙上的合影照片收到柜子最深处的一个纸盒子里，让它从此存放在樟脑的味道中。我扔掉两盒长期避孕药，开始细细思考过去让我觉得沉重的地方是什么。也许我们想走的路还太长太远，谁都不愿意让对方成为自己的负担。

我们成了世界上最相似的两个人，看到的净是自己身上努力要隐藏的东西。我在他准备提案的时候故意看《六人行》，跟着剧中的主角咯咯地笑，我承认心里有个阴暗的地方，是想看见他输给我。

那个念头真可怕，直到我们淡出彼此的视线，我才在偶尔出神的时候咂摸出些许晦涩的味道来。

让我始料未及的是，陈非在美豪广告给了我新的机会。我从洗手间的八卦里听到，陈非是拿父亲给他投资的新公司来赌这一年的传播效果。

我感恩戴德地请陈非去望京一家餐厅吃鳗鱼饭，我说："闪闪发光的人生里，就应该有一条闪闪发光的烤鳗鱼来做点缀。"

陈非笑了笑说："夏涵姐，你还是拼命工作时的样子最迷人，也许最适合做上司，你是我想成为的那种人，又聪明又厉害。"

这一刻我又想起顾若熙，好像大家都想成为什么人，走了一圈，反而不认识自己了。这个城市像是《千与千寻》中那个迷幻的城池，大家来到这里，忘掉了自己原本的名字，把王翠花改成了王若兰，或者成了维维安，模仿着身边人的言谈举止，像无脸人似的什么都要吃到嘴巴里，最后忘了自己从何而来，再也找不到回去的路。

在这个深秋，我给顾若熙那个已经收不到消息的微信号发了一句话，说“谢谢你”。广告圈里已经很少有人提起她的名字了。我们曾经以为远方的世界是沙漠，一走就是一个脚印，现在才知道，街上明明都是水泥地。哪些人走了，哪些人来了，没有人记得。

十一月，艾德啤酒的市场总监夏甜甜跟我说：“我们每五年需要找广告公司做一次竞品调研报告，原本提供了一个月的时间，但是我们集团下周有个重要会议，我需要提前拿到报告。陈非可是说你的能力很优秀的，对吧？”

原本一个月每天加班才能完成的竞品调研，要缩减到一个星期完成，要么会丢了客户要求的质量，要么会毁了美豪行业第一的牌子。

随后的结果我已经料到，大概就是彻底丢掉这些年苦心经营的好名声——“美豪升职最快的副总监”。因为这个标签，我成为广告业内诸多公众号编辑的采访对象，他们带着摄影师来给我拍穿正装的照片，修得皮肤白皙造型干练，然后出现在合作伙伴的朋友圈当中。我把那些标题浮夸的文章一篇篇收集起来，和读书时收集许多大学的招生简章一样，《把广告当作梦想起航的北漂女青年》、《你不知道的外企美女的故事》……我把采访文字和视频发给刚学会用微信的爸爸妈妈看，妈妈总是发一段声音不小的语音：“这些有什么用？还不如早些回来帮我，现在我的腰经常疼，连煮个汤的时间都站不了，你爸爸呀，就知道打麻将。”

我几乎能想象出她发这条微信的样子，右手拿着手机，左手紧紧按住语音键，生怕我听不到似的大声喊，和她喊远处的小贩留下一捆新鲜蔬菜的分贝一样。在我回复她之前，还要一遍遍听自己的回放，生怕哪句话说得不妥当又让我生气，然后第二天和遇到的老姐妹念叨一早晨。

如今他们所有的话题都是关于孩子，和我们小时候在幼儿园相互炫耀自己的妈妈有多少双高跟鞋一样。

本以为时间紧张，可以多调动一些人力来加班加点。没想到先站出来投反对票的是团队里最年轻的文案。“夏涵姐，行政部白纸黑字贴着通知呢，公司目前的企业文化禁止过度加班，今年发生的事你也知道，严重性我想不言自明。”她表情平淡地给我扔下一颗炸弹，马上就有人悄悄地交头接耳：“加班我可不要，我可不想因为过劳死上头条。”

陈非则因为艾德的内部斗争给我带来的麻烦，愁得焦头烂额。他说：“没想到会因为我把业务交给你，断了夏甜甜赚钱的路，所以她处处针对你。”

“没关系，扛不住也要扛，我什么事儿没扛过？”

问到最后，只有从贵州山区来的阿娟主动愿意来扛这个任务，她说：“多学一些，总会进步得多一些。”

阿娟还是个刚刚转正的初级客户执行。她的蓝衬衫洗得很旧了，领口磨得起了球。她和大多初来乍到的小镇姑娘一样，凭着好成绩留在大公司，穿着严肃过头的服装，瘦小的身子总喜欢躲在暗处，悄悄地观察着别人，因为缺少共同的话题，很少和同事有私下的来往。

她微皱着眉，用眼神暗示我等一下还有话要说。其他人陆续离开了会议室，她张口说道：

“夏涵姐，多做一些工作，我也想得到相应的回报。”

“你想要什么，说就是了。”

“之前安排我配合的宣传项目，下一个新品上市的方案，我想以项目经理的身份来总负责。”

“那个客户很难缠的，你吃得消吗？”

“我觉得我能行。”

“好，我答应你。”

人情的利息是还不清的，倒不如一手交钱一手交货来得干脆。阿娟的干劲和我刚入职莫玛广告公司的时候一模一样，我为面试时选中她而庆幸，觉得自己眼光真好。

在我中午趴在桌上补觉的时候，许微微在楼下的咖啡店叫我下去。她的房子到期了，一本正经地问我要不要一起住。她说很怀念那时候我们做室友的日子。我们不仅分享一张双人床，还分享许多属于夜晚的秘密。比如忽然想吃大盘鸡，半夜两点为省下打车钱，走了半个小时去通宵营业的餐厅。我们一边对着大盘子狼吞虎咽一边说，还是大城市好，想吃点什么，无论什么时候都能出门去，然后心满意足地回来躺下睡觉。

下午我心一横请了假，陪着她去找附近的公寓。我们需要旁边有便捷的超市，楼下要有按摩店以及卖新鲜蔬菜的市场，需要宽敞的客厅和没有霉味的干净洗手间，而不是一个能晒到阳光就好的次卧。

她问我："你准备什么时候搬进来？"

我说："从这边打车到我家，不堵车大概只要十五块。"

"什么，你不来和我一起住呀？"

"那时候我们一起住是为了省钱，现在你难道不愿意一个人待着吗？家里只有一个人真好，躺在沙发上吃咖喱饭都行。"

"我现在是自由职业，每天一个人在家里太闷了。"

"做微商又没必要闷在家里，外面有很多热闹的咖啡馆。"

"还是想和你住一块儿，那样感觉像个家。"

"等你结了婚才知道什么样像一个家，什么样又不像，一个人才最容易有个家。"

"哈哈，工作狂夏涵终于想一个人好好过日子了，可我现在不想结婚了。"

"你知道吗，我现在晚上会叫个必胜客的外卖，把奶酪拉出长长的丝，边吃边看《康熙来了》，比改方案或者拿来吵架的周末好一百倍。"

提交调研报告前的周末，我耗在公司里完成不可能的任务，反正所有人都在等着我出洋相，我偏要维持一个不慌不忙的姿势。

早晨八点星巴克开门，熬了整晚的我买了热巧克力和玛芬蛋糕，用甜腻的早餐让自己困顿的大脑振奋起来。

我九点半就要出发，九点同事们陆陆续续进来打卡，他们和平日里一样，按照自己的节奏去洗手间倒水或者喝豆浆，心里期待着下午看好戏的时光。阿娟的缺席像一把佐料一样，勾起他们更多的期待。

阿娟告诉我说，昨晚半夜回家，自己住的隔断间被拆了，她不多的行李都在搭建隔断墙的碎砖头下摊着。我能想象出她拖着疲沓的身体打开门，别的房间的人在屋子里听音乐看综艺节目，对她大门紧闭，而她原本塞在小隔断房里的世界坍塌了，那一刻她的心情该是何等灰暗。

中介告诉她老早就有人来通知过，只是她没在家而已。阿娟流着眼泪躺在客厅的旧沙发上凑合了一夜。天亮后，她开始灰溜溜地跟同学朋友借钱。

我在路上的时候，阿娟把手心里的汗擦了很多遍，跟我说非常抱歉，没办法按时完成后面的工作了，现在为了安顿好住处去上班，想跟我借一些钱。

我回复她说："银行账号给我。"

离开办公室的时候，很多人觉得我一定没有脸回来，那个靠着下属背景拿到客户资源的副总监要丢人了，又要成为美豪公司传闻的主角。

但这一回，他们要失望了。感谢顾若熙，让我知道手里永远要有一个 B 计划。

5

故事要回到那天跟许微微一起看完房子的时候，我对着她诉苦："没脸回公司了，事情要搞砸了，这么短的时间，给艾德的调研报告怎么做得完？万一我也失业，搬来楼下和你做邻居，我们一起做微商好不好？”

许微微说：“艾德找你们做竞品调研？难道你不知道他们找了一家小公司，早就做好了？”

我一本正经地看着她。“你从哪儿知道我们公司这么多事？”

“前男友们的关系网呀，让我成了世界变迁的风向标。”她说着把额前的刘海重新拨到耳后。

“恨死你了，现在才告诉我。”

她这才跟我坦白，刚才来这里是和前男友叙旧的。她想开拓早点外送生意，只要能拉拢广告公司这些从来不认真吃饭的人群，足够赚些小钱过日子。她见的这位前男友，就是夏甜甜的一个同事，他眉飞色舞地把夏甜甜当成笑话来讲。

“不用理会，该怎么见面就怎么见面，一个月的饭，让她夏甜甜一个星期吃完也消化不了。”

许微微没好气地说完，又说：“她一个市场总监，一个月两万的薪水都不够花，好像家里有个无底洞要填，想各种办法花公司的预算拿回扣。你以为她不知道美豪的人做不完？是想换掉你用自己人，多赚些私货罢了。”

我无奈地对许微微说：“你说我们是不是永远有窟窿要填？夏甜甜起码有现实的目标在。可我以前想要的那些到手了，反而成了枷锁。我确实进了一直期待的美豪广告，做到了我最想要的职位，可现在不得不强迫自己去演一个三好学生般的一流员工，一个无论遇上什么麻烦都不能倒下的都市女性，挂着两个硕大的黑眼圈，还要自信得像冠军一样跟老板谈业绩。这些没让我得到多余的快乐，至少和我当初第一次走在这条街上，对着镜子小心翼翼补口红时幻想的快乐不一样。也许李想说得对，我是个不会生活的人，光为了空虚的虚荣生存，没有为自己活过。我的生活是空荡荡的台阶，没有后退一步的路，前面的那一级又高不可攀。每一次都要咬着牙往上跳，可早晚有一天我会失手的，我又不是有三条命的超级马里奥。"

"至少马里奥每次跳起来都能吃到亮闪闪的硬币，我们呢，好像每一次起跳，头顶上都有块带着问号的石头，撞了满脑袋的包。以前我一直觉得自己只有一半翅膀，在这儿找到另一半，才能飞起来。这里那么多人，我一个个试下去总会找到吧？可是我磕磕绊绊走了一路，现在翅膀早就折了，还不是得长出两条腿来一步步重新走。"

"以前以为拿努力能换一切，其实这个局早就把你算计在里面了。"

"可是筹码已经退不回来了。"

原本我的 B 计划是和夏甜甜做一次交易，她继续做她光鲜的市场总监，而我继续演一个能完成奇迹的广告人。天平的两头都是平的。我甚至带上了想塞给她的红包。

我在只有两个人的会议室里正准备开口，耳边响起了一个有点耳熟的敲门声，我又把在脑子里打磨得溜滑的计划咽了回去。

因为进来的人是李想，给艾德的调研报告就是他的公司做的。

一年没见，李想变瘦了，换了更服帖的新西装。变瘦削的李想依旧一脸精明，头发剪短了，梳成侧分发型，用发蜡抹得整齐清爽，看起来甚至像个好人。他歪歪嘴，笑着从包里拿出一纸合同，大意是，这次调研的结果算是美豪的成绩单，而他的公司是以我们供应商的角色代为完成的。

我们三个人晚上去吃火锅，庆祝这完美计划的达成。蒸腾的热气里，夏甜甜接了个电话，随即变了脸色，没喝完最后一口酒就匆匆走了。接电话前我们低着头看菜单的时刻，大概是她最后的平静时光。

在此之后，我们和艾德的所有合作都结束了。而我和前夫李想，却意外地再次建立起了合作关系。这对我来说，大概是最好的结果。

李想问我："如果出现最糟糕的结果会怎么样？"

"李老板愿意赏我一口饭吃吗？"

"我们这种小公司可满足不了夏涵女士的要求吧？"

这件事在公司激起了不小的水花，既有人觉得我深不可测，也有人推测我一定用了什么见不得人的手段。陈非悄悄告诉我说，夏甜甜偷偷多报了几千块钱的招待费，让公司会计作为把柄给举报了，旧账又翻出了一百种花样。

我好奇地问："她好像很缺钱，哪里来的那么多填不满的窟窿？她要养什么人吗？"

"她每个月房贷要还一万五，车贷还三千，不多赚些钱，哪里能住自己的房子，开自己的车，把这漂漂亮亮的日子撑下去。"

6

一个人独处的时候，我有时候会怜悯自己。飘飘荡荡到如今，家里都是从宜家买来的用不久的东西。“断舍离”的观点说，要在承担得起的范围内尽量买最好的。可我偏偏要选用不了多长时间就要丢掉的便宜货，因为常常担心合同到期的时候要搬家，不想有太多的负担。于是大部分家什在每次换房子之后都会更新一遍，和身边的人一样来来去去，不多留恋。

想有一个安稳的家，原来是最难的事。无论首付还是房贷，都不是一个人咬着牙能撑下去的。

我也意识到自己没办法再有薪水翻倍的机会了，越往上走，坡越难爬。每一步都走得极其艰辛。艾德啤酒后续的合作，接任夏甜甜的新总监交给了其他公司，我给美豪广告又拉来几个新客户作为补偿，也不过是春节前多发了五万块的奖金而已。五万块还不够我一年要“供养”房东的那笔钱，更别提什么飞黄腾达了。

夏涵你想多了，不过是来这里讨生活，连飞黄腾达这个词都敢想得出来——我自嘲道。

跟李想也能心平气和地见面了，离婚以后，我们第一次像一对朋友般吃饭。我请他的客，我说股票赚了点小钱，应该请老朋友吃吃饭。他肯到场，自然是有工作要谈的，只是我没心思听。坐在对面的李想如今是李老板了，他不止经营着原先顾若熙开发APP的公司，又开了一家做移动传媒的公司。大概为了显得像个值得信任的合作伙伴，他的头发更短了，理着干净利落的寸头。

听我说话的时候，他直勾勾盯着我的眼睛，像是能直接看到人心里面。如今他真的成了一个陌生人。

他说工作做不过来，招不到合适的人，问我是否愿意去帮忙。我果断地拒绝了。

“还留恋你的美豪？”

“我也说不清是留恋还是不留恋……”

“坐在这儿半小时，都听你抱怨二十分钟了，明明干得不开心，以为我看不出来吗？”

至少我知道自己不是他八年前见到的夏涵了。那时候我心无旁骛，只知道闷头工作，满心想着每个月的薪水怎么再多两千块，怎么从他那里再多赚些外快。

我把在美豪没有休的年假一下子申请光了。HR 说，连周末都恨不得要有打卡记录的夏涵，现在居然主动申请休假，“总不会是要辞职吧？”她这些年见过各种各样的人入职和离职，通常的做法大概都是占尽公司最后一点便宜。

“北京的酷暑来得早，我想回家去躲一躲。”嘴上说的是躲天气，谁都看得出我是在躲自己。

不是高峰季节，高铁票很容易买，过去七八年里，每次回家都赶在人头攒动的春运高峰。这次难得能坐着安静地看看沿途的远山，我这些年都没有好好看过这样奢侈的风景。属于我的风景是国贸的冷漠、金宝街的浮夸、三里屯的喧嚣，没有一处让人觉得安宁。

橙子在高铁站接我，她新买了一辆黑色的日产车。她告诉我小区的花园全部拆掉了，画了白线当停车场，新盖的楼房规划的地下车库根本不够用。窄窄的街道转个弯就开始堵车。橙子不耐烦地按了下喇叭。

她边超车边问我："最近没交新的男朋友？"

"没有，觉得没意思，工作也没意思，回来看看你在忙什么有意思的事儿。"

"相亲有意思，我相了一年，平均每个月见五个男人，所有的老同学和亲戚都在想办法处理我这个没了好年纪，也没了好嫁妆的中年女人。"她说着把嘴巴瘪起来，扮演众人眼中老姑娘的形象。

送我回家的路上，橙子跟我说起回来后的生活。大家本以为她会在外面嫁个金龟婿，哪知道只赚钱回来买了房。新房难道不是新婚的标配，一个家怎么可以没有男主人？于是橙子在七大姑八大姨的压力下开始相亲。月薪五千的男人都敢在介绍人那里号称高薪，让她觉得哭笑不得。

橙子从豪华卧室里搬出来，去了北京，又回到了平凡朴素的小城。我问她："会不会觉得绕了一个大圈，浪费的时间有点不值？"

"都是过日子而已，下个台阶，也让自己舒服一些。"

"那现在是在单位上班，还是……"

"弄了个公众号做自媒体，平常接点广告，也能养活自己，不至于非得找个男人当饭票。"

我说："在美豪广告的感觉，其实和在这条街道上的感觉一样。上高中的时候，我们背着书包用头发遮着新打的耳洞，在这儿来来回回，盼着哪天能去看看更宽敞的路是什么样。我刚去北京的时候，就喜欢在街上压马路，能省钱还能看风景。过个十字路口都得小跑，以为那里的路很长，能走很远。其实每天走得最多的，还不是从办公室大门到洗手间那段路。哪里有什么时间看风景，出租车上的十几分钟都能打个盹。想看新风景的话，我都不知道还能去哪儿？电影里的曼哈顿吗？”

她说：“看来我们的夏涵想回来了。可是换个地方，真的就有风景可看吗？谁知道呢。”

7

橙子拉我进一个高中同学的微信群，他们说：“在外面闯荡的夏涵回来了，得接接风。”

于是，我成了同学们在毕业十多年后重聚的最佳理由。我没带几件衣服回来，但很在意十多年后出场的形象是否配得上他们对我的隆重期待。这样的活动春节没有，什么国庆五一都没有，偏偏在我休假回来的时候有，与其说是难得一聚，不如说是大家要来看看夏涵活成了什么样。

我知道我怕什么，我怕他们看出夏涵是灰溜溜回来的，谈过恋爱，结过婚，赔过钱，掉过眼泪，最后两手空空地回来了。只想在出场前选件衣裳，把斑斑驳驳的记忆里的伤疤藏起来。

我去了那条看上去已经一副败落姿态的商业街，劣质喇叭里放着带刺耳噪音的《小苹果》，旧商城的营业员懒懒散散地靠在柜台后面，嘴巴用老式的口红涂成猪肝色。大概很难在这儿找到能让我容光焕发的新衣。

聚会当天，到了预订的餐厅包间，我发现穿条碎花的雪纺连衣裙都过于花哨了。有几个人大概要自我介绍一番，我才能回忆起来。从前一个班的小丽带着三岁的儿子，现在肚子又隆了起来，手指和胳膊胖得像小莲藕。她的丈夫坐在旁边，带着大大的H字的腰带系在衬衫外，扎到最外面一个孔。

读书时小丽可是学校舞蹈社的成员，那时候留着最时兴的韩式发型，涂淡淡的口红，身材棒得路过的男生都想要她的QQ号。还有以前班里的学习委员大朋，曾经整天埋在书堆里，现在如愿以偿地考上了公务员，留着板寸头，蓝衬衫的扣子勒得紧紧的，脸盘大概有以前三个大。

酒过三巡，大家开始聊天，话题的焦点很快就从“现在过得怎么样”，过渡到了“你家的孩子多大了”。

本来我想说：“微博上最热门的那个广告看过吗，某部电视剧前面的广告看过吗，那都是我们美豪的作品。”可每每放下筷子刚要开口，就有人抢先说：“我女儿的幼儿园最近有个投票活动，大家来帮帮忙。”或者“最近我认识的代购有个奶粉的团购，要不要一起买？”

我心想，自己还是安安静静地吃完这顿饭，提早走开吧。哪知道大朋忽然开口问：“夏涵，在北京买房了吗？”

“没有呢。”其实我心里想说，是啊，没如愿赚到那么多钱，更没如愿嫁给一个有房子的人。

“那还不如回来嫁人。你看看老同学们，不都过得挺好的，听说那儿的空气质量和我们这里可没法比呀。”

大家开始七嘴八舌地谈论关于我的话题，我一个人要变成三头六臂才能应付过来。

“夏涵真是白白浪费了这些年，到头来什么都没有。”

我环顾四周，找不出是谁说了这句话，慌忙说没有，我没有浪费时间。

“连儿子都没有，一个女人还能有什么？”这一句是小丽说的。

橙子看不下去了，拿着酒杯挨个去敬酒，席上还是零零星星冒出来几句。“还是橙子务实，老早就回来了。可是从大城市回来的人心太野了，看她现在相亲都没人要。夏涵你要是再拖，回来的下场比橙子还要惨。好男人早被挑走了。”

橙子忍不住吼了一句：“不结婚生个孩子带出来给你们看，就比不上你们了吗？”

大家没回话，有人逗着孩子玩，有人看着手机屏幕，但是每个肢体语言都在告诉我们，“没错。”

我拉着橙子出门。橙子不解气，踢翻了摆在门口的几个空啤酒瓶子。我说：“踢又怎么样，踢坏了高跟鞋，保养费也很贵，咱们又不能一脚踢出个儿子来。”

橙子没等到我们一起走出电梯，就说：“我可是怀过的，要是生下来，现在也能带出来，一会儿唱歌一会儿跳舞，让全世界都不得安宁。”

我们去了高中时常去的冰激凌店，香草冰激凌球还是带着满满的香精味。橙子用小勺子挑起一口送进嘴巴里，轻轻抿两下就放下了勺子。“夏涵，记不记得你去北京前，咱们也在这儿吃过，你说北京的冰激凌一定比这儿好吃，是真的好吃。”

“也比这儿贵得多，为了吃个好吃的冰激凌，我们可是走了好远的路。”

我观察着店面的环境，原先破出了窟窿的红色皮革沙发换了新的原木色椅子，服务员还是一如既往的兼职小姑娘。橙子跟我讲了她撇下肚子里的孩子的事。孩子是老广的。我说那样的人，你还真的动了情？橙子点点头说，天天相处，怎么会一点都不喜欢。

“既然喜欢他，为什么没结婚一起养孩子？”我还是忍不住问出了口。

“可能我们在一起，就没想过要共度余生吧。原本开头就是各取所需，感情的种子是坏的。最后我们还开始动手，我指责他情人节为什么约了别人，他给了我一耳光。那天我就觉得，孩子这事不能开口，就当他没来过这世上。到了现在，我也能让自己相信，我压根儿就没喜欢过这个人。”

回家的路上我一直在想，难道从某个年纪开始，就想给什么人生个孩子来证明爱情的存在？或者到了某个年纪，女人的成绩就要开始用后代来计算，无论得到过什么荣耀全不算数？

大概选择留在那个城市的理由之一，是不管像我这样的三十岁女人也好，已经年过四十的女人也好，都可以像少女一样大大方方谈论爱情、谈论奋斗、分享梦想。在任何一家咖啡馆里听到这些字眼，也没有人横眉侧目，觉得你有多么怪异。成绩也好，资源也罢，你有一百种方法成就自己，不需要把微信名字改成某某的妈妈，或者在自我介绍时说是某某的太太。

8

晚上准备躺下的时候，橙子说心烦，喊我去酒吧。她说："我们上高中那会儿，多想进那扇门看看啊。"

橙子是这家酒吧的常客，几个系领结的男服务员听她说"还和以前一样"，不一会儿就端来了薯条和黑方。她小口抿着酒说："这里可不比北京有意思，处处都无聊。女人们晚上都看言情剧和打游戏消磨时间。"

"干吗不回北京呢？反正能赚钱的路子很多。"

"回来照顾妈妈呗，她现在可不舍得离开我。你爸爸妈妈怎么说？"

"当然是劝我回来，说你看，橙子比你听话多了。"

有支乐队在台上唱歌，主唱的声音有几分熟悉。我对橙子说："那个唱歌的男歌手长得真像咱们的同学沈安。"

橙子瞪了我一眼。"就是因为沈安在这里唱歌，才喊你过来。"

沈安现在和以前真是判若两人，梳着长长的脏辫，肥大的T恤恨不得扯到膝盖，还是瘦小的瓜子脸，那脸上有我十七岁的时候认认真真印上去的第一个吻。那时候我说要做流浪歌手的情人，他露出一口白牙开玩笑地说，那我当流浪歌手好了。没想到最后我食言了，他却真的成了流浪歌手。

橙子跟我说："他跟着乐队全世界跑，到处去演出，最近刚回来。"

沈安唱歌的时候坐在椅子上，怀里抱着吉他，他说："下面这首歌，送给台下的夏涵。"

前奏一响起来，我就哭了。我大口大口喝着冰凉的酒，来不及擦干净的眼泪掉在杯子里。他唱的是《外面的世界》。

"在很久很久以前，你拥有我，我拥有你。在很久很久以前，你离开我，去远空翱翔……"

橙子把桌上的纸巾盒拿过来。"多好的小伙子，你们当初为什么分手，能不能再在一块儿啊？"

为什么分手？我好像记不起来了，总之最后一次吵架，我记得我硬要去商业街上的麦当劳吃薯条喝可乐，他说店里的可乐没了，让我坐在麦当劳里等。我吹了半个小时的冷气，他拿着小卖部里那种玻璃瓶的可乐过来给我，说冰镇的都卖光了，他跑了好几条街才买到。我跟他闹别扭。我说味道明明是不一样的，他怎么能说都一样呢。

我挺后悔，那时候没给他擦擦额头上的汗。

如今的男孩子哪里会自己跑腿，女朋友生病的时候，都是用外卖送份不凉不热的粥来表真心。

唱完，沈安说："谢谢夏涵来捧场，希望以后你一直都在。"

我放下杯子鼓掌，店里的常客用写着"恭喜"的眼神看着我。沈安一直坐在台上，休息的时候也没挪位子。

橙子先走了，留下我。我明白她想让我和沈安叙叙旧。我一直等到凌晨一点，沈安唱完最后一首歌，才走过去抱住他的肩膀，像个女歌迷一样给他一个拥抱。

他打趣说："这样不怕你老公吃醋？"

"哪里来的老公……我离婚了。"

"什么时候的事？"

"去年。你呢？"

"我还没结婚呢，流浪歌手结什么婚。"

沈安一直目送我上出租车，我回头看着他，透过玻璃窗发现他走起路来有些晃。他已经不是那个打篮球时当前锋的少年了。

9

在家的这段日子，我每天陪着父母吃三顿饭。妈妈早晨还按我从小到大的习惯，给我煎一个鸡蛋，可他们不知道我已经很久没尝过早餐的鸡蛋是什么味道。我也发现妈妈把以前喜欢的花围裙，换成了更暗淡的褐色。

没变的是家里的沙发哪怕换了新的，还是要找块奶油色底子印着碎花的布盖在上面，让人永远不知道真实样貌。

退休在家的爸爸打开电视，问我："闺女，来打个赌，你说女主角会不会和男主角在一起？"那是小时候我们看电视剧时常玩的游戏。

爸爸看的电视剧是《甄嬛传》，他可能忘了自己的女儿已经三十了，好像我离了婚，又成了他眼里不懂事的小孩。他在这个年纪的时候已经送女儿上幼儿园了。我知道爸爸假装看电视，一直躺在沙发上盯着我的背影，神态跟小时候教我骑自行车时一样。

他假装说不管我，但看到我要撞在石墩子上，马上从角落里冲出来挡在我前面。

他一定在想，这个小夏涵怎么一下子变成大人了，还当了别人家的媳妇，前几天不是还拿着苹果围在沙发边上，噘着嘴让我帮她削皮么？

妈妈说："你们公司待遇真不错，还有那么久的假期，放假期间给发工资的吧？"

"给发工资。"

"听说咱们这边现在也开了不少广告公司，周围叔叔阿姨的孩子也有和你做同行的，要不回来吧。要是实在找不到合适的，我们有退休金，也不会让你跟着吃苦。赚那么多钱干吗？又不用你养家。"

爸爸的手机响了，他把手机伸得远远的，看看来电人的名字，接起来说："今天不去了，夏涵回来了……嗨，没有……你要给介绍新男朋友？过年那会儿不就告诉你没有了，不嫁人怎么了，我有小棉袄在身边，下次你儿媳妇惹你生气可别跟我说，我不听。"

爸爸挂了电话，瞟了妈妈一眼，也顺着说了下去："不就是给人家做广告，天天加班到半夜，都没空好好吃晚饭，干那个多没意思。"

"那做什么有意思，您以前托关系，让我去给人家拿报纸倒茶水有意思？"

"起码你一辈子不用跟我说什么辞职、跳槽。"

妈妈给他使眼色，爸爸像个做错事的小孩一样转过身，一头躺在沙发上。

和他们说起工作，一定要不欢而散。因为工作，他们看着这个没离开过家的女儿一个人去了北京，这么多年过去了，他们关注着北京刮沙尘暴了，开奥运会了，下大雨了。现在把话题扯到工作上，多了一半白头发的爸爸妈妈先停下了话头。爸爸拿起遥控器，假装要换台。他们还是在女儿面前妥协了。

妈妈老早在电话里跟我说过，爸爸每天都出去打麻将，哪里知道电视剧里面到底有什么角色。

爸爸只是忽然发现，不知道该用怎样的方式和女儿交谈了，除了血脉相连，到底如何能显现出比别人更为亲近的那一层关系呢？

他这几天总是在晚饭前出去散步，回来顺手带一盆花、几条金鱼、一只乌龟，让我想起上小学时等他下班回家，他笑眯眯地从身后拿出礼物来的时光。

妈妈一边做饭一边说："你爸最近不知道怎么了，到了饭点就要出去买些没用的东西。"

其实我知道，爸爸想给我一点意外的惊喜，纵使他的女儿已经走出这个家门，被现实的利爪抓得满身伤痕。

我帮妈妈找送水点的电话的时候，从茶几下面翻出一大堆旧报纸。那是有我写过的广告文案的旧报纸，是爸爸妈妈听说后特意去报刊亭买的，如果找不到就再走一家，直到买齐为止。广告中的楼盘现在连二手房大概都卖了好几轮。但在爸妈的心里，那永远都是刚开盘的新房子。

听大伯说，他们春节把报纸拿给来家里拜年的朋友们看，骄傲地说："我女儿写的字是上过报纸的。"

我拿着报纸，哭得像小学数学没考一百分时一样。

趁爸爸出门去买我最喜欢吃的烧饼，妈妈问我："还有几天休完假？"

"我要是不走了呢？"

"你啊，不可能的。"

"你们不是想让我留在家里吗？"

"女大不中留，要么嫁出去，要么出去忙，反正不会在身边的。"

"妈，你忽然想开了啊。"

"不想开能怎么样，日子不过了吗？你都自己在外面快十年了，爸妈也在家里孤单十年了。"

妈妈拿钥匙拧开床头柜，从里面拿出她的首饰盒，又从首饰盒底下拿出一张没有一点划痕的新银行卡。"你结婚那会儿留在家里的彩礼钱，本来说给你存着买房的，这些钱现在给你吧。工作不开心，就常出去散散心。"

"不是说给你们嘛，结婚的钱当时我和李想自己出了。"

"哎哟，我们养女儿，又不指望女儿回头来养我们。"

10

我在外套里发现了沈安的名片，上面写着"Never 乐队主唱"。

大概是在酒吧聊天时他悄悄塞进来的。我们的故事过去就是这么开始的，高中的教室里，他趁着我去办公室的空当，在我的铅笔盒里留下了自己的QQ号。

我怎么都忘了，上一次也是橙子牵的线。十七岁的我和橙子一起在食堂吃午饭时，我常托着腮提起沈安，我说他真聪明，那么难的立体几何，老师提问哪一道题他都会。

没过几天，铅笔盒里多了作业本的纸折的小纸条：数学题不会的话，晚上可以问我。后面就是沈安的QQ号，用圆珠笔写的男生那种歪扭硬朗的字体。

在男生女生多说一句话就犯了大错的年纪，我们从在QQ上不冷不热地聊数学题，到中午坐在操场边喝可乐。后来干脆在放学后，在老师不会出现的小路上，我跟在因为长得太快穿着不合身校服的沈安旁边，大着胆子把手也牵起来了。

不愧是沈安，大概看到手机上提示是北京的手机号，他接起来就问，是不是夏涵。

“怎么知道一定是我？”

“我哪里有北京的朋友？”

“全世界都走了大半圈，北京也不过是一个普通的城市嘛。”

“你可不会待在普通的城市。”

他的回答让我哑然。

我们又约在了那家酒吧见面，今天他没有上台唱歌，而是陪着我坐在一角，脸上挂着淡淡的笑。小时候老师布置假期作业，要求每天在作业本上写满一页日记。我们用最繁复的语言去描述每一天，每个细节都不放过。现在终于不再做学生了，我三言两语就跟他讲清了这些年在北京的生活。说话的时候，我的右手来来回回摸着左手食指上戴的嵌着绿水晶的戒指，据说旺财运的那种，摘了结婚戒指之后一个月买的。

我说："和大学的男朋友一起到北京，然后分了手，玩命工作，加班升职去最好的公司，跟喜欢的男人结婚又离婚，结果成了以前让自己又喜欢又厌恶的那种人。"

我和沈安高中毕业后就断了联系，在人人网最风靡的时间都没有他的消息。现在他下巴上留着一撮小胡子，不知该怎么接话的时候就咳嗽几声，喉结上上下下的。辫梢缀着几个蓝珠子，在酒吧的灯下面亮闪闪的，像收集了一生的宝藏似的。他描述的近况更简单，练琴学唱歌组乐队，四处演出挣点钱糊口，在越南演出那阵子，晚上喝醉了被摩托车撞伤，结果送医院迟了，以后都这么一瘸一拐了。干脆回来在朋友的酒吧里唱唱歌，业余的时候教几个学生。

"现在也有人喊我沈老师了，过教师节还给我送花呢。"他骄傲地跟我说，又问，"我是不是你最好的一个男朋友？"

"也许是吧。"我打着哈哈。

一会儿有麦当劳的外卖员来送餐，袋子里装着薯条、汉堡、加足了冰的可乐，还有一大把番茄酱。

我不由得问了一句："怎么，你饿了？"

"以前欠你的麦当劳可乐，现在还给你，省得你小气巴拉地总念着我的不好。"

我抓起薯条蘸满番茄酱，自己吃一根，喂给他一根，说："太久没吃麦当劳了。"他偷偷在手背上给了我一个吻。他的嘴唇被酒泡得凉冰冰的。

我嘴里的番茄酱，忽然变得和十七岁时的一样甜。

他问："最近都吃些什么？"

"有时候跟朋友出去吃个火锅或者日料。"我举起可乐杯子一口气喝掉半杯，放那么多冰块，就是为了少装一些可乐，喝到最后味道会变得十分寡淡。以前的我可不这么认为，为了夏天的一杯冰可乐，和沈安生了那么大的气。

"我现在也常吃麦当劳，下班那么晚，夜宵只能吃这个。"

"不如来北京演出吧，有通宵营业的金鼎轩，大半夜里可以吃凤爪和虾饺。"

"我赚那点钱，哪里能在北京过下去。"

"去了就一定能过下去。"

他按灭一个烟头，烟雾从鼻子里缓缓呼出去。"夏涵你变了，你现在觉得自己想有什么，就能有什么。"

"你知道这些年，我身后一个人都没有，我能相信什么？只能信自己。"

"那你没想过要回来吗？"

"我不知道。"我犹豫着回答。这是这十年里我最害怕的一句话，是否要留下和是否要回来都是没办法回答的问题。我没法和填写数学公式的答案一样，相信自己说出的回答准确无误。

上出租车前，我紧紧抱住沈安，眼泪悄悄打在他肩上，他的旧 T 恤领子松垮垮的，泪水落到他的脖子上。

我在他耳边说："想要我回来吗？"

他没有回答。

我给沈安发了微信。“为什么不留下我，如果你想让我留在这儿，我就不走了。”

“我知道你不属于这个地方啦，以后要加油啊。你刚才犹豫了，按成年人的礼貌来说，没有一口答应，就是拒绝的意思。”

第五章

Chapter 05

1

时光转眼到了二〇一六年秋天，我坐在副驾驶座上，正听着身边驾驶座上的人淡淡的抱怨。

“难得同你见上一面，你下午居然还约了别人。”邓牧岳说。

“好朋友的聚会自然更重要。”我回答。

“好朋友？都是一群不懂事的玩伴吧。”他给我一个轻蔑的表情，有根银色的胡茬混在青黑色之中。

下车前，我躲在车门后给了邓牧岳一个轻盈的吻。三里屯南小街的银杏叶簌簌地落在车窗上。我单薄的丝绒高跟鞋踩在叶子上，软绵绵地透过来一片寒意。

许微微坐下后，扯下姜黄色的围巾。“如今我总算是知道靠男人没有用，还不如做微商卖包容易，自己赚钱才腰板儿硬。过往我那些心思像是喂了狗。”

我没好气地说：“我靠一双手干了这么些年，现在想买辆车，都摇不上车牌号码。”

“摇上有什么用？你租的那房子带车位吗？我最近看的一个位置不怎么好的小区，房价从年中的六万直接涨到了现在的八万，有本事涨出几个停车位来呀。”

“听你说的，是准备当地主婆了？我还租不起每月八千的房呢。”

“先四处看看，万一我卖着卖着真的发家了，就买房子，请你来住怎么样？”

“哎呀，那敢情好，每个月省下的钱，我们可以多做几次按摩。”

许微微亚麻绿的头发在日光下，轻盈得像要飘起来。梨花头的发梢拖到锁骨，一脸宠辱不惊地蜷在这家小咖啡馆的沙发里，像个常泡廉价小酒馆看演出的女大学生。十年前我们穿西装扮成熟，现在非要打扮成女学生的样子。

“我看到你来的时候坐的特斯拉不错，用滴滴能叫到这么好的车？”许微微说着话，把头伸向我这边。

“一个朋友的车，顺路送我过来。”

“哟，夏涵，现在知道约会了，准备再婚了？”

“你说，恋爱谈到头就一定得结婚吗？今天在家里吃早饭时还在想，要是每天起床都想看见谁，是不是就是想和他结婚？”

“喂，这话说得像是初恋一样，明明都是离异中年妇女了。”

“以前谈恋爱，想的都是要和这个人在一起做这个做那个，一排日程，有一大堆事等着去做，到头来什么也没做完，只有白日梦做了两卡车。现在呢，要是今天有安排的话，只想着每一分每一秒要干什么，不谈那么多没意义的以后和将来。既想不起来，也没精力去计划。”

“你知道，我原来也是为了以后活着，想着以后要嫁给这个，要嫁给那个，可是谁也没留下。”

“所以现在呢？”

“食之无味。”许微微对我摊手。

邓牧岳是那种人——和他约会过一次，就会冒出“如果嫁给这样的男人一定会幸福”的念头。

他让我意识到，关于男性，其实自己心里依旧有很多充满幻想的固定模式，对号入座的话，有该谈恋爱的，有该当好哥们的，有欢愉之后老死不相往来的。每认识一个新的人，潜意识里早就把他推到了该去的位置上。

第一次和邓牧岳看电影，买了票，他发现我多瞟了几眼摆在电影院货架上的玉米片，便笑呵呵地买了一大包。黑乎乎的放映厅里，他看到我吃完玉米片低头找纸巾，从口袋里拿出湿纸巾帮我擦手，擦完手心擦手背，一个指头一个指头擦过去，让我想起小时候吃饭前爸爸帮我洗手的耐心。他没多说一句话，眼睛也没离开过银幕，怕我在黑暗里因为被他注视而紧张，也怕干扰自己观赏剧情。那感觉就像我们已经恋爱了十年，大家还是心有默契地相互照顾，也像是住在一条老巷子里面，每天出门都知道周身的风景不会有变化一样。

他牢牢占住了我心里适合结婚的男人的轮廓，严丝合缝，比当初在婚礼上的李想还要合适。

那一刻我意识到女人过了三十岁是可怕的。一个没有家的过了三十岁的女人，爱起别人来也是可怕的。

可邓牧岳总在合适的时候往后退一步，留下更安全的距离。

有一次我问他："等到圣诞节的时候，咱们一起休年假到欧洲旅行吧。"

他却接了一句："一会儿晚饭想吃什么？上次带你去的那个胡同里的私房菜得提前订，如果今天去的话，需要先问问。"

"圣诞节要一家人热热闹闹地过吧？"

"圣诞节还有好几个月呢，今天吃得开心最重要。"

我只得努努嘴说："好吧。"

我曾和现在的许微微一样紧紧握住事业不放手，可一次在洗手间的格子里，听到外面几个部门的年轻女孩正在点评自己。

"听说夏涵总监离过婚呢。"

"她呀，开起会来比约会都兴奋，难道会有人喜欢她？"

我待在美豪广告的洗手间里，呼吸都错了拍子。我觉得自己失败透了。

下了班，在邓牧岳面前，却听见他说："夏涵你很聪明，我喜欢聪明的姑娘。"

2

认识邓牧岳的那个晚上，他大概把我当成和所有虚荣的女孩没两样的人。我眼里的他，也不过是当下众人都拿来调侃的中年男人。

那天在沈姐的家里聚餐，邓牧岳是她喊来的朋友之一，他来得迟了些，安安静静地坐在角落的位子。眉眼间有一种长久的稳定生活带来的和顺，不像这城市里许多人慌慌张张苦大仇深的神态。

沈姐原本很喜欢的一个 LV 老花包坏了，我说："找许微微就可以买个新的，价格都好说。"

这句话传进了邓牧岳的耳朵，后来他加了我的微信，跟我说的则是另一种含义："年纪轻轻的女孩子，怎么净关注些浮夸的东西？"

"什么东西浮夸？"

"包，衣服，都是外在的东西，有脑子的人才有趣。"

"有没有趣，要怎么证明给你看呢？"

"随你咯。"

聚会散场的时候，沈姐把保姆做的蛋黄酥装起来送给我们。常年做生意的沈姐无论何时在我心里都是女神一样的存在。她和荷尔蒙先生结婚了，肚子已经隆了起来，把衣服前面印的皮卡丘挤得歪了鼻子。沈姐撩起头发，给我看荷尔蒙先生送的珍珠耳钉。她说："是他潜水时从海里捞上来的蚌壳里带的。"

她告诉我说，回礼送了一个自己用羊毛毡戳出来的叮当猫，小男生喜欢这些东西。

我有点羡慕她，如果说事业和爱情、梦想与婚姻是关于幸福的天平的两头，大概极有智慧的女人才能两端兼顾，我从来没有那么完美的命运。

那个天平对于我来说，像是从厨房颤颤巍巍端到餐桌上的，永远都无法平衡的一碗汤，无论照顾到哪一边，都会在手上烫出红红的一片。

沈姐分完蛋黄酥，主动说："邓老板，你家和夏涵好像是一个方向，都往南边走，一定把她护送回家。哎，喝了酒记得叫代驾。"

我摆摆手拒绝："第一次见面，怎么好麻烦人家。"

邓牧岳说："第一次见面，路上聊聊天也好，我刚才也没怎么和大家说话，是不是？"

正赶上公交地铁都停运后的"夜高峰"，站在路边等了十分钟还没有人接单。邓牧岳过来拍拍我的肩膀，说："走吧，夏涵。"

他不过分亲昵，也不过分客气，一举一动张弛有度，有一股隐秘的又吸引着我走近的味道。

代驾刚坐上司机的位子，邓牧岳突然下了车跑到马路对面，从便利店买了瓶玫瑰口味的饮料往回走。

我看着他不慌不忙的模样，以为他日子过得真是细致，喝了酒还要喝什么养生保健品，头都晕了还规规矩矩等红灯走人行道。果然人到中年还魅力四射，免不了每个细节都活色生香。

但他把饮料递给了我。我看看玫红色的小瓶子说："谢谢邓老板了，还买这么贵的饮料，太客气了。"

"这个饮料对皮肤好，看你的黑眼圈，工作压力不小吧？"

我揉揉眼睛。"嗯，是啊，昨天晚上睡得挺晚。"

"什么昨天，你这黑眼圈绝对不是一天两天熬出来的。有什么事非得熬夜做不可？"

"马不吃夜草不肥，人不熬夜眼圈不黑。"我拧开饮料瓶的时候，发现他已经帮我拧过半圈，剩下半圈等我轻轻用力一拧。

拧了半圈的饮料瓶盖，就这么套住我了。这件事和他后来处理我们的关系一样拿捏有度，他从来不讲破什么，只是引导着我主动往下走。

“我二十多岁的时候也熬夜，一喝酒就喝到天亮，那会儿身体好，最近体检浑身是病。这不，今天酒局故意到一半才来，这可是咱们的秘密，别告诉沈姐。”

遇上一个红绿灯，后面的车子着急赶在信号灯变红前开过去，刮了我们坐的车，尖厉的声音让我肚子里的酒菜翻江倒海。车上的男人下来，嚷嚷着说自己赶时间，回头马上联络。

邓牧岳不依不饶，眨着眼睛对他说：“哥们儿，刮了车是不是应该道个歉？”

那男人穿着板板正正的西装，看样子是有正式的场合要赶过去。背后压出了轻微的褶子，大概在车里坐了很久。

他狠狠瞪着邓牧岳，我认出了他的侧脸，那种恶狠狠盯着别人的神情在我的记忆里极为清晰，想忘也忘不掉。

“李想，你开车还是这么玩命。”我放下后面的车窗对他说。

李想没回我的话，他拉开车门一把拽起我的胳膊，把我从邓牧岳身边塞到自己的副驾驶座上，说：“夏涵，快，来帮我个忙。”

我盯着李想，看不出他这是什么路数，许久没有联络，他的一举一动都吸引着我的好奇心。

两个人分手许久后再重逢，多数都要炫耀自己离开了对方过得有多么好。我不挣扎的理由就是如此肤浅和虚荣。我就要给你看看，没有你，我的世界依旧精彩得很。

我隐隐感谢起邓牧岳来，要不是他主动邀约，我哪里有这会儿的从容。

见我顺从地过去，邓牧岳依然风度翩翩地用眼神问我，要不要帮忙？

我说："谢谢你送我回家，这是我朋友，回头联系。"

他朝我挥挥手，他知道我会再联系他的。

如果我能回头看看，一定要问问那时的自己，你知道自己那会儿是多么渴望被爱吗？

邓牧岳一眼就看穿我了。那个过了三十岁不肯承认自己三十一的夏涵，渴望被人爱着。哪怕只是半个瓶盖的主动权的爱，就足够留下我。

3

被李想塞进副驾驶座后，他一路踩着油门往前开，比我见过的最凶悍的出租车司机都要玩命。

"世界末日又不在今年，你这么着急是要拿保险金吗？你倒是记得我以前买的意外险写的受益人是你吧？明天我就改成我妈的名。"

"少来，我的意外险上也是你的名。"

真没想到我们有一天会用这样的方式怀旧。

路上李想跟我解释，他的一个朋友跟室友打架了，因为对方用巧克力喂了自己的狗。

“那跟你有什么关系？”我气定神闲地喝光手里的玫瑰味饮料。

“那狗以前是我的。”

“你什么时候有空照顾宠物了？你不是连自己的胡子都没时间剃？”

“你走了以后呗。每天早晚给自己一点时间出去散散步，脑子会清楚一点。”

这话我没法接下去，和他一起生活时我习惯早起，醒来后偶尔去楼下散散步，他常说我扰了他清晨的好梦，现在却成了他愿意保留的习惯。

我身上也有许多和李想有关的部分倔强地留存着。餐厅服务员问我有什么忌口的时候，我常学着李想的样子说：“忌慢。”

到了那女孩家里，我才明白李想借机喊我来的原因。女孩确实是打了室友，一下子打了三个。一个长得像泰迪熊。一个是鼻子歪了的整容脸。还有一个高个子，头发染成奶奶灰的颜色，摩拳擦掌等着体力恢复再战一场。

李想看到我的时候，就当机立断决定要拉我来帮忙调解，不然他一个大老爷们就成了众矢之的。

我看了眼整起暴力事件的导火索——巧克力糖的包装纸，说：“没事，这里面其实没有巧克力成分，只是风味糖果，没关系的。”

李想搓着下巴说：“几天不见，夏涵长进不少啊。”

“在美豪有同品类的客户罢了，超市里各种口味的零食几乎都吃了个遍。注意，为了提案，我用一个晚上把它们尝了一遍。”

“还是那么拼，你现在已经实现目标了吧？”

“目标可没有全部实现的那一天。”

“难道你一点也没变？望山跑死马你听说过吗？”

“我想去的地儿大概在山后面。”

李想喊那女孩冉冉，他大大方方地给我们介绍对方：“夏涵，我前妻。冉冉，我的……好朋友。”

冉冉话不多，清瘦白皙，像是不怎么外出见光的样子。她跟我道了谢，从柜子里拿出开心果和可乐来招待我们。她又单独拿出一袋牛肉干给李想，说：“知道你不爱吃坚果。”

他们大概是很熟悉的朋友，出门时，我看见她家有李想常穿的棕色人字拖。我自然知道家中为另一个人留一双拖鞋的含义。

李想晚上没送我回家。我们一起下楼遛狗，他说自己是因为忙才把狗放在冉冉那里的。最近几年经济状况都不太好，公司也是苦苦撑着。好多人都转做互联网行业赚钱，来分蛋糕的人太多了，扎在这个市场里也就勉强能吃饱而已。

我冲着李想说：“咱们是不是只有把工作当话题才能聊下去？”

“可你也没有兴致跟我聊冉冉吧？”

我摸摸那只哈士奇的头，暗示结束关于她的对话。我其实只是想窥探一下，并没有醋意。李想在我心中的位置已经不复存在了。

李想又说：“你让我怎么能不想工作，每天一睁眼就是开会，还有不知道什么时候就会踩到的雷。”

“你以为我喜欢听你聊工作吗？你一直都活得太自私，就像今天晚上，也没问过我到底想不想来帮你的忙。”

“那你想听什么？总不能因为打扰你和那老头约会，就来跟我耍小脾气。”

“总之和你没关系。”

我生气是因为恍然发现，曾经和自己亲密无间的李想，再次见面的时候，话题居然只能围着工作和另一个人打转。我们之间再也没有无论何时开口都能聊得神采飞扬的话题了。

此后，邓牧岳越来越多地出现在我的生活中。

我出差从上海回来，正赶上北京下大雨。半夜机场线已经停了，等出租车的队伍末尾竖着大约需要等候一小时的牌子。我拖着行李箱疲惫地站在队伍后面，脚上还穿着开会时穿的八厘米高跟的鞋子，双脚肿胀麻木。

我蹲在地上从箱子里拿出平时出门带的拖鞋穿上，继续狼狈地等待。手机电量不足，却一直有新的工作邮件提醒，大家都还在办公室里熬夜奋战。

一辆车疾驶过去，车身上的雨水一点不浪费地溅了我一身。身边的人冷冷地看着我，退后了几厘米继续看手机。犹豫了半晌，我终于给那个存了许久的号码发了微信。

不久，一辆特斯拉停在我旁边，窗子打开，邓牧岳微笑着露出脸来。

我浑身的骨头像被拆碎一样，瘫在副驾驶座上，听着雨声沙沙打在车顶，像是催眠曲。眼皮还没来得及合上，忽然一个急刹车，身子猛地往前冲去，要不是有安全带，我险些在挡风玻璃上把自己的脸拍扁。

前面出了连续的追尾事故。我和邓牧岳只得坐在路边，披着他后备厢的毯子等救援车。

他说：“真好，好久没在野外挥霍时间了。”

“看你说的，好像是机场周边一日游似的。你不着急回去吗，也有事没忙完吧？”

“到我这个年纪的时候，你就知道有些事着急也没有用。”

他在伞下吻了吻我的额头，这时，口袋里的电话响了。他接起电话，我隐约听到是个女声。邓牧岳回答说：“公司的事儿还没完呢。”

我假装没听见，在一边搓手。《绿野仙踪》里的多萝西走得快也未必就能回到家。她还要有勇气、智慧和感情，才能打败坏女巫。可我呢，生活又要拿走我的什么东西，来换回我需要的武器？

我过生日那天，他在街头买了个Hello Kitty的氢气球给我，让我绑在背包上。我多么奢望一辈子在他面前做个无忧无虑拍着手大笑的小姑娘，像别的情侣一样排着队吃刚出炉的点心，再去胡同里的小馆子，缩手缩脚吃一顿撒满了辣椒的重庆小面，等他抽出纸巾擦干净我沾着红油的嘴角。

4

春节后约客户开会，地方定在工体的漫咖啡。那里多少年来都有无数人在聊着上亿元的投资项目，当红明星每小时要在他们的电脑里出场五十多次，要是桌子上的灰尘也能听懂人类语言的话，它们早就学会了最油腔滑调的对白。

对接人抵达前给我发微信："夏涵，我时间紧，之前你提交的方案我觉得不错，见面对一下细节，我们就可以签合同了。"

我心中窃喜，给她准备了新口味的橙香拿铁。

客户那边派来的对接人居然是之前冉冉的室友，一头奶奶灰发色的那个。坐在对面的我笑得有些不自然，差一点脱口而出："你不是……"

她说："真巧，又遇到了。"

她冷得和发色一样的表情告诉我，她可能没觉得有多么高兴，她不高兴的原因那会儿我没猜到，但接下来的半小时，我的心情忽起忽落像坐过山车一样。

她用播音腔介绍完了自己公司的品牌发展史，又说："这里的咖啡豆其实不怎么样，怕你找不到地方耽误时间，就没约在做顶极手冲咖啡的店。"

"我来北京十年了，您想约哪儿都行。"我说。

"那你们公司在这边的营销资源也很到位了？"

"美豪在北京广告公司里的排名至少也是前三。"

"广告公司可不行了，现在不如直播的网红赚钱，我每天在家做直播，一个月赚得没准比你多。上次要不是冉冉闹事，粉丝还能多打赏我一个'潜水艇'……不过，白天的工作还是要干的，晚上多赚的算是零花钱。"

"美豪会配合好您那边的。"

“我记得以前美豪还靠着拿不上台面的关系拉活，那时候艾德啤酒的事就出在你们那里。负责人好像是……就是你吧？你跟陈非认识吧？”

“认识，他是我同事。”

“你还认识那个李想，路子够广的。长得不怎么样，认识的男人倒不少。看你这样子，想在美豪混长久了，还不知道得有什么背景呢。这个订单我偏不给你。”

那晚邓牧岳约了我吃晚饭，没谈成客户的我吃完了一份牛排，又要吃一份提拉米苏。他知道我晚饭后如果要来一份甜点，一定是揣着什么不开心的事。其实我被客户拒绝的次数太多了，脸皮上如果也能起茧子的话，早就起了一层，现在哪里在乎别人说什么。

我每挖起一勺提拉米苏，细细滑滑的口感从舌尖走一圈，和奶奶灰的对话就一字一句在脑子里重新过一遍。这个习惯是我进了客户部后养成的，每一次和客户见面，但凡有一方感觉不舒服，我都要在饭桌上一个细节一个细节地重播，就像盲人在一幅绸缎上细细密密地滑过手去，看看到底是哪里出了差错。

我找到了，那个差错在她每晚直播的收入都比我一个月的薪水要高。那块让我不舒服的小突起是嫉妒。为什么我早些年没过上那样的日子呢？奶奶灰顶多是个九零后吧，我熬夜挂着黑眼圈加班的时候，她成了当前流行的网红，轻松地大把捞着钞票。

我发微信给许微微抱怨，许微微倒不当回事，说：“要不让她帮帮我引流卖包？”

“少拿这样的人跟我开玩笑。”

“人家靠脸吃饭，有什么不好啊。”

“我没说她不好，我受不了她说我靠男人吃饭。你说，哪个男人真正赏过我饭吃？”

“哟哟哟，是不是和老邓约会呢，谁埋的单？你是哪儿觉得不舒服呢？一个人有一个人的过法嘛。”

那天的提拉米苏没吃完，我举着手机给服务员，让她扫我的付款码收费，不要收邓牧岳的现金。

我给李想发了条微信：“都怪你，我的新客户是那个奶奶灰，订单没拿下来。”

他敷衍地回复了一个“哦，知道了”。

奶奶灰那张年轻骄傲的脸，让我知道留给自己的胶原蛋白已经不多了。

怕老不是从看到镜子里的第一道细纹开始的，那样的怕是被动的。是有个声音在外面说，你老了，于是你才开始害怕。像看到新闻在说游客又去爬香山看枫叶，才知道秋日已至一样。

真正的怕老是主动的。开始研究本来并不是那么热衷的新事物的时候，我知道自己是真的怕老了。我在手机里下了个小黄车的 APP，他们说创立它的 CEO 是最富有的九零后。

我不让邓牧岳送我回家，硬是要学着骑车回去。小时候学自行车半途而废，因为爸爸原本想学着别人的样子，扶着我跑到一半，松开手让我往前骑，结果我自己冲着电线杆骑过去。情急之下，爸爸自己上来，充当了让我撞上去的靶子，结果摔倒在地，划破了手臂，血淋淋的场面吓得我心惊胆战。

几十米的路，我骑着小黄车掉下来六回，邓牧岳也不管违章不违章，把车停在路边充当骑车的教练。他骑一辆，我骑一辆，让我学着他的样子往前蹬，用后背保持平衡。用了半个小时，我骑了大概四百米，这四百米的代价是邓牧岳为了扶稳我，裤子上蹭了些擦不干净的黑色油污。

等我晃晃悠悠骑回来，他的车不见了。

报亭的老大爷说："你们的车被拖车拖走了，今天交警严查。"

"晚上要不跟我回家吧？给你弄干净裤子。"

"我还是打车回去吧。"

"都这么晚了啊……"

"听话，我还是回家吧。"邓牧岳开始皱眉，他的眉毛是心情的晴雨伞，是比嘴巴还快的交流方式，他这个动作的含义是烦躁。要是我能早点读懂那烦躁背后的含义就好了。

5

沈姐很快就当了妈妈。她和孩子从美国回来的时候，我们又一次聚在了她家里。邓牧岳也在场。

沈姐卖了几处房子，开始考虑移民的事。她一边看着电视里的综艺节目，一边说自己怎么经历让人死去活来的阵痛，然后才听到孩子的哭声。新生的宝宝的英文名字叫 Harry，她说想让宝宝和哈利·波特一样勇敢。

我想起以前顾若熙问过我，没生个孩子，会不会觉得遗憾？难道女人到了一定的年纪，都喜欢给自己改变一下角色？过去我的角色都是跟随环境转换的，只有一次想通过李想来改变，却落得个一败涂地的结局。

我说："以前我一个人深夜喝着酒吃鸭脖子，躺在沙发上看偶像剧的时候，也曾经向往过婚姻，那时候觉得结婚算得上天大的事。有个人陪在身边，偶尔吵吵架，然后再和好，生活才会波澜起伏地向前走。可现在我从那些不切实际的想法里走出来了，一天天地按照心愿把自己的世界重新搭建起来。无论再接近谁，都像是隔岸观火，只欣赏欣赏就好，不想再走近了。我知道那条路并不是康庄大道，得放下自己的防备，把弱点亮在他面前。那种不顾一切的勇气一辈子只有一次，现在已经像放久了的可乐一样跑气了。"

沈姐说："到了我这个年龄，外面的战场都不重要了，有个属于自己的舒服一点的地方就好。"

我不禁问她："有时候也会觉得迷茫吗？"

她说："我孕吐的时候真觉得自己上辈子欠了这孩子的。说来也巧，本来准备在他乡过余下的日子，没想到还要多带一个礼物过去。我从儿子的身上能看见自己的一部分。我这一生奋斗也奋斗过了，现在再玩什么都没意思，以后可要小心我变成朋友圈里的晒娃狂魔。"

饭后，沈姐拿桃子给我吃。

"平谷的朋友在自己家果园种的。"

邓牧岳把桃子拿到厨房，撒了把盐细细揉搓干净，用碟子端出来几个，选了个品相最好的给我。

沈姐说："邓老板又来跟我们夏涵献殷勤。"她扭头悄声问我："邓牧岳对你有意思？"

在沈姐好奇的眼神下，我忽然慌了。我在酒店里和沈姐狼狈地碰面的时候，就知道她没什么看不明白的。她能看明白所有的东西，才有如今的幸福家庭和事业。

而我和邓牧岳似乎真的没有任何承诺，也没有说过谁是谁的什么人。

就在那天，邓牧岳递过来桃子，我客气地说了谢谢之后。我把我们的感情自然地放到了地下。我从沈姐的问题里能觉察出，我和他的感情没法像她和荷尔蒙先生一样，尽情享用日光的营养。

我怕自己自作多情，怕我们没有以后。我也怕即使有了以后，我也没有能力去守护。那是婚姻给我上的一堂课。

我从和李想的婚姻里学到，结了婚，你得做你应该做的，而不是你想要做的。而我来到这个城市，不就是为了做想做的事，在更大更宽敞的地方活得更像自己这个人？

现在的我会害怕了，再也没法听顾若熙的劝告，喜欢什么就去拿。顾若熙一直走在我前头，当年她跟我说，趁着年轻尽情地拿吧，以后你就会畏手畏脚了。

只是我那时候没有拿够。可是谁在青春时代是拿够了的。时间要是能往回走，我一定做世界上最贪婪的那个人。

6

有一阵子邓牧岳频频出差，周末我常和朋友们见面。短暂的午后阳光和年轻时一样值得认真地消磨，漫长的单身生活怎么打发都显得奢侈。

我到许微微家喝茶，看层出不穷的网络综艺和歌手选秀，她拿新买的几支限量版口红给我看，“找了半个地球的代购才买到。我妈年轻的时候可没有这种好福气，一支口红能涂上五年十年，好像只有春节带我出去拜年的时候才会打扮打扮。要是她平日里能好好打扮一下，没准能过得好一些，也不至于因为爸爸出去乱搞，天天在家里唉声叹气。”

“怎么，你又要找谁下手了？”

“哪里有时间？现在赚钱给我的多巴胺比恋爱给的多多了。”

我想起了沈姐那只 LV 老花包的事。上次聚会的时候，沈姐告诉我，从许微微那里代购的包是假的。

我从她手里拿过包，满心歉疚地想找许微微退货。沈姐却说：“我已经当出门塞杂物的妈咪包用了，和你说这事不是为了要退货，只是好心提醒提醒你。”

我问许微微：“赚钱是好，但是赚得连朋友都不要了么？”这话一出口，我才明白自己如今有多珍惜身边的每个人。我对于她卖给沈姐假货十分愠怒，因为这些年我从始至终信任的人只有她一个。

许微微说：“喂，都是好朋友，假货这两个字太刺耳了吧。那个价格想要真货，哪里有真货。虚情假意都那么多，你还真的在意一个皮包是真是假？”

也许，许微微真的不那么在意真假了。她也不在意自己是真是假了。

她好几次跟我说，自己咬着牙把银行卡上的几十万拿出去，等着一百多万的进账。又把一百多万清出去，等着一百几十万进来。银行卡余额像是肺活量的吞吐一样训练有素，胃口一次次在变大。欲望成了一个自带弹性的皮球，每一次膨胀都在试探它的边界。

她没浪费自己的好年岁，想拿的都要尽情拿到手。她说："有钱的感觉真好，以前不知道每个餐厅的牛角包不一样，咱们原先在莫玛广告楼下常吃的味道可真差啊，原来好吃的东西是在要乘电梯上去的餐厅里。我终于知道四星级和五星级酒店里的洗手液是不一样的了。”

不久许微微真的买了房子。五环附近一个带花园的小区，是装修齐全的二手房，手续办完就可以搬进去。

她入住那天我们都喝醉了，躺在从尼泊尔买来的毯子上打滚。她眼角挂着眼泪说："终于有自己的家了，再也不用在入住前和人家签六个月或者一年的合同，到期了就要卷铺盖走人。”

"你是圆满了，我现在还什么都没有呢。”

"我们说好了，你随便来住，我的就是你的。”

沈姐有了自己的家和孩子。许微微有了自己的房子。我呢，我不想再等邓牧岳从暗处现身了，我们来来回回的推拉和暧昧已经抻到了极限。

7

我在家准备了很长时间，要怎么跟邓牧岳开口。

站在镜子前面，我仿佛又成了十七岁的小姑娘，或许更小。那种欢喜是羞答答的，扭扭捏捏的，却让人觉得甜蜜。

十七岁的我还是可以等的，现在的我却不能等了。我不得不勇敢起来。

邓牧岳说在双井桥堵车，迟一些来我家接我出去。挂掉电话后的十分钟，我家的大门被敲开了。本以为是邓牧岳在开玩笑，他早就来了，要上楼给我一个惊喜。

可那惊喜不是邓牧岳带来的，是李想突然又来找我。他一进门就拉着我说："我要完了。公司没钱了，下一个订单拿不到就要完了。只有你能帮我，夏涵，这种丢人的事，对着别人我说不出口，你不会笑我吧？"

李想的手冷冰冰的，隔着衣服，我能感觉到他在微微发抖。一个公司对李想的意义就是他的全部，一个爱人或一个家都不是，他的公司才是他的梦和人生。

李想每一次出现在我身边都是要我帮忙，大忙小忙都要我来帮。他能帮我一次吗，能让我最后放肆地表白一次吗？

邓牧岳在微信里说，自己还有十分钟就到楼下。李想从沙发上抬起头来。"要去约会吗？今天能请你帮帮我吗？"

我都穿好了为约会特意选的驼色连衣裙。“我能怎么帮你？”

“帮我从冉冉那里把狗接过来，送到这个小区的地址。”

“为什么她不能送？不就是一条狗，外卖或者跑腿的服务都可以代劳。你为什么总要为了这些鸡毛蒜皮的事来找我？”

“我信不过她，你怎么知道她办事靠谱，咱们合作的次数比和她合作的多多了吧？”

我想起这次意义重大的约会，事关我和邓牧岳的今后，我要把摆在地下的感情拿到地面上来。

李想说：“必然不只是送狗，还有更重要的事情跟你说。你手里有美豪的供应商资源，那是我需要你来帮我的。有了这些，我才能拯救我公司的客户。这项目我也是半路接手，问题太多，已经满脑袋包了。赚到的利润一定比你在美豪年底分的那点钱多得多。”

我知道，这样的项目运气好的时候，利润能达到百分之七十。

我很快就有答案了。那是在我和许微微的谈话里得到的答案。她让我知道什么是可靠，什么是不可靠。

我给邓牧岳发了一条微信：“对不起，临时有事，有工作要回公司加班。”

他只回复了一个笑脸，随后也上楼来，站在我还没锁上的门口，一脸笑意。“已经到楼下了，顺便送你去加班的地方。”

他带了些葡萄给我，进门后若无其事地和李想握手，两个人的自我介绍极为统一：“我是夏涵的朋友。”谁都没有过多地解释那朋友背后是什么含义。

我表面上无所谓地看着两个男人在我的小公寓里客客气气，手指紧张得在背后要打了结。

我从冉冉家取了狗送到那个地址，开门的人是李想的妈妈，我的前任婆婆。我与她相处的时间太短，见面次数用两只手的手指头就能数完，她穿着紧身的豹纹裤子，纹了颜色很深的眉毛。

我们微笑着对视了半分钟，我不知道该怎么开口称呼她，最后说："阿……阿姨，您住在这里了？"

"哟，夏涵，李想说找人送宝贝儿给我，原来是你啊。这是李想买的房子，说给我住，自己还在外面租房子呢。"

随后的大半个下午，我一直在听她唠叨对儿子天天忙于工作的不满意，她说，要李想回家帮爸爸看店做生意的想法都泡汤了。父子两个人都是劳碌命，为了工作连家都不管不顾。最后她像所有爱操心的老太太一样问我："要不你们和好吧？现在也不用裸婚了，我回老家，这里装修一下不就是婚房吗？"

李想像是掐算准自己妈妈要说这话的时机，一个电话把我从尴尬中救了出来。

和好，我们怎么和好？我们俩都浑身是刺，不如下半辈子就此放对方一马。

我们初次合作的项目还算成功。李想在庆功宴上招待他的团队一起吃铁板烧，随后在麦乐迪唱歌的时候，他从双肩包里拿出一叠现金给我。

这是他这些年的习惯，赚到的钱只停留在银行卡上的数字还不满意，要拿出来数一数。

我统统收起来，拿起桌上当夜宵的油泼面，大口大口吃得过瘾。李想单独给我点的，他知道我其实不爱吃铁板烧一类的东西。

把钱存进 ATM 机之后，我好像不再像过去那样觉得快乐，那些钱放在面前，我忽然不知道要拿来换些什么。

买房子的梦离我太远，昂贵的衣裳和包又觉得索然无味，想买的东西，快递员很快就能扛着箱子送到门口。短暂的快乐只停留在期待快乐抵达之前的时间。

李想仿佛看明白了我的心思，他说："快乐的不是赚钱，是赢。"

"我们在一起的时候也喜欢讨论输赢，你真的觉得快乐吗？我们以前都曾经想赢过对方，最后还是算了，放过自己吧。"

李想说："我不会放过的。总站在一个地方，快乐的感觉很快会消失，但重新换一个地方，赢来的就是另外一片景色。人有时候要换换身份，我从地产公司换到广告公司，从客户总监变成现在公司的总经理，从 APP 公司到营销公司，我充当过无数个角色，在每个角色里战斗过，累累战绩都看得见。一个游戏通关了当然没意思，那你另外下载一个重新开始呢？"

过去我以为进入美豪，就能顺理成章地变成自己梦想中的模样。但最后却一步步走向索然无味的境地，成了只会麻木地工作的机器。上班这件事不再是实现和成就期待的过程，反而成了普普通通的日常。

所以中途出现的邓牧岳才像火种一样，让我觉得扑过去就会拥有快乐。

8

我还是把邓牧岳约到了蓝色港湾的一家披萨店，这天晚上有月亮，水面上粼粼的波光渐次荡漾开去，吹到脸上的风比房间里的冷气更清爽。

邓牧岳对我说："这家店里的奶酪还真是正宗的意大利口味。"

隔壁桌有十几个留学生，拼了桌子在办派对，每人一个小号披萨，用手拿着一边吃一边嘻嘻哈哈地聊，趁热把丝拉长。我远远地看着，心事给一并拉得长长的，粘在喉咙里，要说出口的话还没有捏成形状。

邓牧岳埋单时拿出了会员卡。服务员笑呵呵地说："邓先生，请稍等。"

邓牧岳是这儿的常客，这个做外贸生意的男人，是所有服务员眼中可以记住名字的熟人。

我忽然明白，我在他面前初次与美食相遇的欣喜，在他看来不过是习以为常的事。他的老练成熟是走了无数的桥和路之后的结果，我只是他漫长路途当中停靠的一个地方而已。

我问邓牧岳："如果对现在的生活觉得无趣，那么换一种身份会好吗？"

"你暂时会觉得充满活力，然后会发现生活就是个没有尽头的循环。怎么，想换什么身份？"

"想换每一种我想要的身份试试看。"

“如果菜单上每一种口味的披萨都给你端上来，你也吃得下？眼下能过得舒心，只挑最想吃的那一种就好。”

“吃不下也总惦记着，这样很贪心吧？”

他挥挥手喊服务员。我觉得喉咙里正在回味的奶酪已经成形了。服务员把菜单重新摆回我眼前，挪了挪那杯干姜水的位置，桌子上的小蜡烛在杯子里映出一个小月亮，一圈圈地荡漾着波光。

我张开口，把一字字一句句都摆好：“我想说……”

邓牧岳又给我一个笑容，一个嘴角上扬、眼睛里却有些烦躁的不协调的笑容。那像是两张照片硬生生拼凑在一起。嘴角的笑容像是在耐心倾听，眼神说的却是“你知道不能开口的”。

他的脸在我面前成了一个又加又减，却算不出答案的公式，于是我摆好的话一出口就走了样，我不知道说得对不对，但至少服务员是乐意听的：“我想说，再加一份提拉米苏吧。”

邓牧岳的眼睛迅速地撤去了刚才那层凌厉，和嘴角一样柔和。他眼中的夏涵大概真的是个聪明的姑娘。

我自己打车回了家，眼前翻来覆去的都是水杯里和湖里的月光碎片，搅得天旋地转。

那一晚我又失眠了，翻着安静如常的手机，在朋友圈里看到也在抱怨失眠的李想。

我们是在长期冷战的沉默中离婚的。那天我给他煮了最后一碗紫米粥，他没吃，说是赶着见客户，足足在房间里修了十分钟胡子。

我盯着那面日思夜想了许久的鹅黄色的墙，轻轻说：“离婚吧。”

他说："等我忙完这个项目，买机票回去。"

我也背起包，等公交车去美豪上班，下车的时候抹了抹眼泪，担心妆会花，但眼睛比我想象中干涸多了。

以往从旁人的故事里听说的婚姻尽头的样子，无一不是吵到喉咙嘶哑，最后蓬乱着头发去民政局。真的走到这一天，却只是清醒地发觉这个人离我是如此遥远。

贪心是没够的。那个喜欢节俭生活的我像一点点从身上蜕皮一样不见了。我点外卖的时候一个人能点三份菜，非要把菜单里想吃的都买回来。淘宝的购物车里装着中意的化妆品、书、海苔、坚果，它们随时随地都能填补无聊的空当。

甚至连喜欢的电影，兴致来时都会跑到电影院看第二场，在商品部买高价的饮料和爆米花，也不用再像上大学时那样要节省一整天的饭钱。

这拥挤的城市里，任何空缺很快都能填上，无论是物质还是人，但快乐的空缺却很难填补。

许微微约我去餐厅吃饭，送了我一个黑色的纪梵希的南丁格尔包。我吃惊地看着她。"出了什么事，要送这么隆重的礼物？"

许微微说："是个A货，最近畅销的款，厂家发货的时候多送了一个，送给你。好搭衣服就行了，何必太在意它的出身。沈姐的事抱歉了。"

我笑了笑收下。曾经带着我去动物园淘裙子的许微微，现在脸颊瘦削，已经有了两道浅浅的法令纹。她说起自己的小生意来滔滔不绝，薄薄的红嘴唇又生龙活虎起来。“最近做了短期借贷，招了不少代理，除了包也卖面膜、零食那些。你呢？正在争取的事儿怎么样？”

我知道她想问我和邓牧岳的事。“我试过主动一下，但是好像要再等等。”

“我们的年纪还能等得起？除了快递和外卖，现在我谁都不会再等。不来的就再也别来了。需要你的时候你没在，那以后也不用你在场。”

“你以前不是化好妆换了衣服等到晚上，硬是等末班车去工体跳舞，现在也等不起？”

“以前不爱工作，只想恋爱，那时候的冲动用得干干净净了。说起跳舞，听说最近整治街道，太古里后面那条热闹的小街道都要改造。”

“想不想去以前老去的那家酒吧的天台上再看看？”说出口的一瞬间，我发现自己也开始怀旧，和年轻人拿来调侃的中年女人没什么两样。

我们打车来到那家酒吧，在天台当中白色的蛋形椅子上坐着，头顶是漫天的躲在雾霾后偷听秘密的星子。

许微微说：“你以为我真喜欢做生意？还不是那时候张千瞳教给我的。坏男人是一所好学校，我交过了学费，毕了业，现在过得还算神清气爽，我赔上的时间现在都要拿钱抵上。我还学会录视频了，没事再做个直播，讨好讨好屏幕另一边的网友，让他们愿意多打赏打赏。”

“嗯？那个隔着屏幕的世界都是不真实的吧？你怎么知道对面是什么人？”

“看得见的也未必是真的，这是生活教我们的。”许微微跟我说起小时候在山西老家，她半夜去洗手间，从门缝里看见爸爸妈妈各自举着菜刀短兵相见。许妈妈是在她爸爸跟别人组成新家后才知道好好打扮的，从商场里买了许多化妆品，每天擦厚厚的粉。

“我一直都想离开家，不做我妈那样的女人，得有自己的家。最后，我真的有了自己的家才知道，这个庇护所的一切安全感都要靠自己来堆砌，无论哪个男人都带不来一砖一瓦。”

我们的聊天终止在暴躁的背景音乐当中，她从包里拿出三个手机回复着全国各地客户的消息。

我觉得无趣，端着杯子四处走走，恰巧遇到李想。那一刻不免有点奇妙的感觉：怎么到哪儿都能遇到这个人？他正对身边的客户赔着笑，我一眼就知道他的眼睛里在算账，无形的算盘噼里啪啦作响。他也看到了我，和客户打了个招呼，跟了上来。

我和李想靠在天台边的栏杆上，远远看着东三环直到深夜也不停息的车水马龙。他身上的香水味道没有变，我隔得挺远就能闻到带点海洋气息的味道。嗅到那味道，周身像忽然按了静音键。他问我：“最近累吗？”

我说：“没有一分钟觉得轻松。”

“为什么呢？”

“大概是为了想要却得不到的，为了得到了却不喜欢的。你好像挺喜欢海子吧。他有句话，‘要有最朴素的梦想，即使明天天寒地冻，路远马亡’。我的梦不朴素，遇到的寒冷也不会更少。”

我们望着远方，干净清脆地碰了杯，喝光了剩下的酒。杯底只有空落落的几块碎冰。

那一刻我打定了主意，我想要邓牧岳这个人，完完整整的。我再也耗不起了。

9

邓牧岳发来微信说：“一起去吃好吃的鮟鱇鱼肝配啤酒吧？周三下班后有没有空？”

我和邓牧岳之间极少有日常琐碎的闲谈，开口就是说得清清楚楚的约会计划。白天的工作已经把精力榨干耗光，只得省着些用。

我欣然赴约，出发前把自己的心意在肚子里热热闹闹梳理了一番，等他拽动另一端的线头。

去的那家居酒屋里，总有附近外企下了班的高管们高声叫嚣的声音，邓牧岳跟我说过，这让他有安全感。“创业做老板，没有人真诚地鼓励你，所有人盯着你往前走的每一步，有看热闹的，有落井下石的。下了班来到这里，觉得能当个低调的普通人真好。不被光环围绕，也不被人盯着，服务员来来去去的，食客在他眼中都是食客。”

这一天他特意预约了吧台的位置，让我看着从日本学习回来的寿司师傅用新鲜的鮟鱇鱼肝做手握寿司，趁着温度正好的时候吃下去。

嚼碎一片腌姜，用筷子夹起寿司轻轻蘸过酱油，整块送入嘴巴里。细滑绵软的鮟鱇鱼肝和米饭融合在一起，让人心满意足。

他眼里含着笑："想不想试试自己做一个？"

我去洗干净手，系上了围裙，站在台子后面，师傅细细告诉我用什么样的力道和角度。我试了好几次，总是拿捏不好用力的程度，寿司摆在盘中就松垮垮地塌下来。

我坐回位子，垂头丧气地说："我太笨了。想做个最完美的给你吃，可是老做不好。"

"没关系，尝试一下就好，想吃的时候来定位子。我吃你煮的泡面当夜宵。"

"我不想光给你煮泡面，还想做很多好吃的，早上做皮蛋瘦肉粥，中午做蛋包饭，让你肚子饿了就想到我。"

"哟，看起来最近过得不怎么开心，会跟我讲情话了。是工作不顺心吗？"

"工作还是老样子。"

"要是有解决不了的烦恼，就多吃一点，多喝一点。事情再糟糟不过饿肚子。"

"这年月有个正经工作，吃饱喝足都不是问题吧。"

"我以前上班时业绩压力大，辞职以后出去玩了两三年，一边赚点零花钱做旅费，一边思考人生。偶尔也饿过肚子，在青年旅店的沙发上蹭睡，起来就给人家打工。赚得最多的是在尼泊尔摆地摊的时候，游客花钱都是不经思考的。玩了一圈，散够了心，才能踏踏实实继续。要不，你暂停一下出去试试看？"

“我们……我们一起旅行去吧，别理什么电话会议，什么季度业绩指标，就坐在车里围着马路绕圈子。你给我讲讲你以前的故事，讲讲当学生时闯的祸，还有那些藏在破破烂烂的小胡同里的好吃的小餐馆。慢悠悠地到处走走，不慌不忙地看看夜景。我知道自己有时候糟透了，喜欢贪小便宜，为一点利益去争去抢，结果弄得灰头土脸，最后还两手空空。可是我们现在都熬过最苦的日子了。我知道我喜欢你……那么你呢？你是怎么想的？”

“夏涵，味噌汤上来了，趁热喝。师傅，再来一份海胆刺身。”

海胆刺身味道真好，美好到把我戛然而止的话头摁在了这一刻。

邓牧岳送我回家的路上没说话，打开了常听的英文民谣。

我下车时说：“你真的没什么想说的？”

“因为压力大而焦虑的话，睡前喝杯热牛奶很不错的。”

上班遇到客户十万火急的新需求，刚入职的实习生问我：“夏涵姐，时间这么紧，该怎么办呢？”

我从文件夹里找出去年被毙掉的一个旧提案给他。“同样都是饮料行业，稍微改一下品牌名和报价就可以。”

“夏涵姐，我们不开个头脑风暴会议吗？”

“不需要。”

怀揣广告狂人梦的年轻人一个接一个，我却在这个曾经梦寐以求的公司里丧失了创意的乐趣。我以前害怕像同行业的前辈那样停滞和无趣，他们用自己用过无数次的没有创新的套路，在客户面前口出狂言，等着签下合同皆大欢喜。如今我也一步不差地走上了他们的老路，曾经活跃的细胞逐渐销声匿迹。

换个身份真的会好吗？我回味着刚刚得到美豪广告员工姓名牌时的欣喜，却如同咀嚼一颗嚼了许久的口香糖一样，难以尝出甜蜜滋味来了。

客户对于这个提案很满意，合同签订得异常顺利。面对业绩的上涨，我丝毫没有感受到李想常说的那种胜利的快感。

我约他见面，他说在家里点了外卖。"在家里聊天多安静。"

他又说："要不你到我公司来工作，我们这里毕竟没有美豪那样复杂，咱们相互了解，工作起来不是很好么？"

我说："我隐约记得以前咱们每次碰到，都是你工作上需要我帮忙，是不是你工作上的运程就是缺我一个？"

"那可真没准。所以你这是同意了？准备什么时候辞职？你知道的，我完全信任你的能力。"

"我还没下定决心呢。"

我需要时间想想，我还有没有这个力气换一个地方打拼。这些年从莫玛广告到我心心念念的排名第一的美豪，我只是得到了看似自由的光环。

前几天出租车司机问我，这么晚一个人回家，还没成家吧。我回答还没有结婚。司机师傅说，女人成个家才算安心。

其实家也成过，事业也勇往直前拼杀过，我现在只想谈一场平平淡淡的恋爱，却得不到回应了。

许微微曾经批评我说："夏涵，你从来不知道满足，从咱们第一次一起去买西装就知道，穿过一天还不够，非要咬着牙买下来，你知道你多贪心吗？”

10

商场的夏装开始打折促销的时候，许微微再也不回复我的消息了，整个星期她的头像都没有闪过，她在微信的诸多聊天记录中一路下沉，电话也关了机。

在办公室里开会，我时不时打开手机看看，陈非问我：“你怎么了？惶惶不安的，好像在等约会。”

“朋友联系不上了，等她的消息。”大概那一瞬我心里在想，我是不是也在等邓牧岳的消息？

晚上下了班，我拎着打包的红丝绒蛋糕去找许微微，她一定是又恋爱了吧。敲她家的门，没有人回应。门上贴了昨晚查水表的通知。

我打开微博，看起了各种空巢女青年在家遇到意外的新闻。许微微连睡觉前都检查一遍热水器的电源，她眼里容不下意外。

这时，李想来电话了：“晚饭没约会的话，陪我去见个客户，谈下来生意的话一起赚，你手里的资源别浪费。”

“我在许微微家，她是不是出事了？一周没有联系过我。”

半小时后，李想带了个开锁师傅过来。师傅黝黑的脸，紧皱着眉毛问我：“这是你家？”

“是我的——”

李想打断了我：“我女朋友脑子不好使，总忘了带钥匙，今年都多少回了，备用钥匙也不给我一把。”

师傅抽着李想刚给他点上的烟，不出一分钟就打开了门。

临走前，师傅意味深长地说：“小伙子，别人的门不是硬开的。”

许微微桌上摆的香蕉已经成了黑色，挂烫机旁还挂着一条熨了一半的条绒工装裤。床头有本《微商宝典》摊开扔在那里，像是随时等着被人阅读。

一室一厅的房子，我们迅速走过一圈，都没看到许微微的影子。我一屁股坐在沙发上。“你说的客户呢？”

“你有急事，只能推了呗。”

“现在这么轻易就能让李老板拒绝客户的约会了？当初我过生日跟你发那么大的脾气，你直接关了手机陪人家去滑雪，回来连个道歉都没有。”

“夏涵，我发现你怎么变得这么斤斤计较呢。”

我们去了一家咖啡店坐着，我拆开蛋糕盒子，把纸杯蛋糕分给他一个。“她是不是失踪了？我们是不是要报警？”

李想找了自己认识的朋友帮忙调查，一个小时后就有了消息，许微微现在在看守所。

我不相信。“她做什么事能被抓起来？一定有冤情吧。”

“卖假货。”李想的喉结缓慢地上上下下，让我清晰无误地听到了这三个字。

许微微的假货生意被人举报，警官顺藤摸瓜找上门来。我猜想正在熨裤子的许微微被喊去开门，没吭一声就被塞进警车带走了。三个手机当作证据，被警察塞进了透明的口袋里。

邓牧岳给我打电话，我没有接。“那晚的老头找你？”李想轻蔑地盯着手机上未接来电的姓名。

“我妈那天见你，说你可好了，还劝我和你复合。”

“她也这么跟我说的。”

“你就那么喜欢那个老头？”

“和你有什么关系？”

我眼前出现了冉冉家里的那双拖鞋，他穿着那双鞋在她的家里，会和她一起做些什么样的事？他们大概会一起带着狗，在宽敞的小区里散步，按时带着它去宠物医院洗澡，如同幸福的一家三口。我们已经成了各自的世界之外的人。

“我和冉冉分手了，狗也要回来了，我发现自己是没办法恋爱的。”李想好像知道我在想什么。

“我想和他谈恋爱。”我也不再遮遮掩掩。

北京的夏天那么热，夜深了，在咖啡店里吹着冷气说话，都要擦擦额头的汗。

十点，街边的小咖啡店打烊。围着黑围裙的女店员来委婉地告诉我们。正好，我们也没有那么多新话题可以一同聊到天亮。

11

下班后，美豪广告召开了管理层会议。在美国长大的刚调过来的副总经理说：“夏涵，下一年争取完成两千万的流水额。上一年你成功完成了一千万，期待你在美豪广告能更进一步。”

“什么？两千万？”

“这是公司对你寄予厚望。”

“我做不到。”我现在知道自己几斤几两重，也许真的没办法成为老板们眼中的英雄。

“加油！”他像美国青春电影里那样拍拍我的肩膀，继续后面的议程。

邓牧岳的特斯拉停在路旁，他打开一半的车窗，等着满心企盼下班的我。“看上去压力很大啊，你压力大了会咬紧后槽牙，谁都看得一清二楚，怎么让老板相信你是公司独一无二的精英？”

“老板相信，我自己也不信。”我从车门后面摸出他常年放的万宝路来抽，“你怎么忽然来找我？”

“你怎么忽然疏远我？”

“明明是你躲着我。”

“你不是说想一起出去旅行嘛，公司要去新西兰谈项目，等你签证办好一起走。”

邓牧岳晚上带我去北三环的一个小酒吧里，他足足点了三套龙舌兰，一套十二个玻璃小酒杯码在架子里端上来。我陪着他喝了几杯，咬柠檬咬得牙都酸倒了。

我说：“我不开心的时候，你一眼就能看得出来，你不开心的时候，常常是不说话，和现在一个样子。”

“所以男人越老话越少，女人越老话越多。”他笑了，眼角浅浅的鱼尾纹随着喝下的酒渐渐泛起红色。

他很快有了几分醉意，趴在桌子上，时不时睁开眼，神秘莫测地盯着我。“回我家休息吧？”我试着抬抬他的胳膊。

邓牧岳对自己的酒醉其实拿捏得当，不久之后，我才明白他那种神秘莫测的眼神的意味。和我第一次认识他时一样，他把我们关系的瓶盖也拧开了一半，另外一半将在这个晚上由我亲手旋开。最终要不要喝下去，都是我的选择。

他把手机给我，已经拨通了常找的代驾司机。我报完家里的地址之后，他却说：“回我家。”

司机走的是一条我从未走过的回家路线。一路向南，从朝阳区进到东城区，又走到朝阳区，最后是丰台区。夜色之下，路边飞逝而过的建筑散发着阴冷的光。我在路上恍然意识到，邓牧岳从来没有邀请我到他的家里去。我开始渐渐了解他说话的习惯，却不了解他家中客厅里习惯用的抽纸是什么牌子。

而我本以为那一天我们会缔结一种契约，在我们一直以来铺垫的所有的默契上。

我和邓牧岳坐在后座上，他捏着我的手，把头靠在我的肩膀上，说：“夏涵，和你在一起，让我感觉没有压力。”

我没在邓牧岳的口袋里找到家门的钥匙，他在楼门口按响了门禁，不久就有人应门，我想大概是家中有常驻的保姆。他住在我仰望多年的电梯入户的洋房里。暗红色的外立面包裹着的生活，大概天生就带着富足的温度。

门打开后，玄关后面隐藏着宽敞的客厅，植物的清香扑面而来。我送他进去，他在浅棕色的皮沙发上躺下。屋里传来小姑娘喊“爸爸”的声音，夹杂着细碎的穿着拖鞋的奔跑声。

那脚步声停止了。有个女人制止了小姑娘，说："爸爸回家啦，爸爸要休息了。"

裹在珊瑚绒睡衣里的女人朝着我微笑，端了热水给我。她笑起来，眼睛变成一对挂在瓜子脸上的月牙。"谢谢你送他回来，又出去应酬喝醉了吧。"

小女孩躲在了离我最近的一扇门后面，悄悄地探头看我。女人说："阿姨送爸爸回家，快说谢谢阿姨。"

瘦小的小姑娘套在肥大的公主裙睡衣里，有点害怕地看着我。她一句话都没有说，转身跑回去，狠狠关上门。

人们常说，小孩子不说话，其实什么都看得清，他们能敏感地感觉到有异常的地方。

我不知道自己是怎么客气地道别，然后下楼的。我在楼下的店里买了一大杯酸奶，站在门口对着落地窗慢慢喝光了。值夜班的店员像是大学生的样子，告诉我垃圾桶在微波炉下面。他笑起来有深深的酒窝，大概还年轻吧，能敏锐地看出我浑身上下的颓丧。

我给李想发了语音聊天，响了两下又挂断。我宁愿他睡了，什么都没有看到。

随后李想发来了消息问："怎么，睡不着？"

"忽然觉得自己变轻了，有种很重要的东西弄丢了。"

"像绑着沙袋跑习惯了，一下子放下沙袋来，都不会走路了吧？"

"说得好像你经历过一样。"

"咱们刚离婚那阵子，我天天晚上失眠，每天都出去喝酒，不醉不归。"

“我也是。那时候家里存了不少威士忌，现在还有呢。”

“为什么以前不告诉我？”

“丢人。”

“那为什么现在又要和我说了？”

“现在不怕在你面前丢人了，因为有了更丢人的事。”

第二天早上醒来，我看见手机里多了一条未读微信，是邓牧岳发来的：“真对不起，昨天喝多了，让你看见了不想让你看到的一面。我非常喜欢你的聪明，你的善解人意，希望我们以后还能开开心心地一起吃饭。”

我拿着手机，对着这个号码，慢慢地摁下了删除键。

12

橙子给我发来照片，她说何奇的儿子上幼儿园了，她的朋友是幼儿园老师，在门口遇到他来接孩子放学。

照片上的侧影在我看来是个极陌生的人。他蹲下来牵着儿子的手，后背宽厚，啤酒肚隆起，胡子尽管刮得干净，脸上却泛着擦不去的油光。

我想他一定过上了一家三口、两室一厅的生活，和妻子在固定的时间吃晚饭，饭后坐在沙发上看电视，陪孩子做游戏，日复一日地安稳幸福下去。

我的新西兰签证下来了，邓牧岳像没事一样，擅自给我买了机票，在我的航空 APP 里显示出了去新西兰的行程信息。但那趟我期待已久的属于两个人的旅行，注定要有人缺席了。

邓牧岳拥有的可不止两室一厅，他那个豪华的四室两厅的大房子里，装的是三个人在一起才能圆满的生活。

入了冬，李想开车带我去看守所给许微微送冬衣。她还有五个月的刑期才能出来。

探视处排了长长的队，我担心里面的暖气不够暖和，给许微微买了一套老土笨拙的酒红色的棉袄和棉裤。我对李想说："我刚来北京就和许微微认识了，那时候我们俩身材差不多，常常跟她换着穿衣服，这样还能多试几个新鲜的花样。"

"女人对衣服的执念，我是理解不了，可能跟我喜欢买音箱一样吧。"

我想写个纸条夹在衣服里给许微微，就在便条纸上写道："你快点出来，这个棉袄我才不和你换着穿。"

里面的人在检查的时候把纸条给扔了，熟练地用一只手捏成一团，丢进了垃圾桶。

这里灰色的高墙耸立，远在郊外，享受着奢侈的安静和纯净。

这一年整个冬天都没有下雪。我想告诉许微微，这个冬天没什么事情发生。

13

二〇一八年的春天来临后，我一个人去雍和宫祭拜。远远就闻到让人安心的香火味。街边的看相人拉着我硬要跟我谈谈，他们轮番说：“你的好事就要来了。”

但在北京度过了十二个年头之后，我早已不再期待任何从天而降的惊喜。

出来的时候阳光正好，想去附近的小巷子里喝咖啡。路过太庙，我回忆起在许多年前的春天，我曾经挽着李想的胳膊，一同盯着池子里肥硕的金鱼游来游去，露出浅浅的微笑，拍在婚礼上用的照片。春天干燥的风里，化妆师不停地给我补润唇膏。最古朴传统的红瓦绿树的风景下，也曾有过我留下的脚印。

那一刻我觉得自己是个淡漠的人，没有什么地方是必须要去的，没有什么人是必须得到的。

贪心过的人才可以说淡漠，就像爱过的人才可以负心一样。

我还走在这条路上。我曾经以为许多东西很快就能得到，实际上什么都没到手。就像滑梯上的小女孩站在起点，以为即将拥有远方的风景，可一路旋转直下，闭着眼睛尖叫，睁开眼的时候，得到的也只有心跳和流逝的时光。

教会我长大的是落地前的一个跟头。我们怀揣着自以为是的野心走了那么远的路，只为了摔这一个跟头，可是那里面包裹着成长的秘密。

这是孤军奋战过的人才能看懂的秘密，因为所有的成长都是必须一个人走完的路。

上一次搬家的时候，陪着我来北京的那个红行李箱弄丢了，它陪我见过了所有没扎下根的地方，见过了我在寒冬里跌跌撞撞。

它也许知道，它的容量已经装不下夏涵的野心了。毕竟，我们必须扔下一些东西，两只手才能空出来，接住命运抛过来的下一个礼物。

我约了李想出来，对他说："一起加油吧。"

他朝我伸出手："我们肯定能相处愉快。"

我在他的新办公室里签署合同的过程，比领结婚证的过程繁琐多了。作为他的公司合伙人正式登场的前夜，我兴奋得睡不着。人在迷雾当中行走是不会兴奋的，发现了路标之后，对未来才会有渴望和期待。

我和李想在一起扮演过许多角色，做过同仇敌忾的队友，做过耳鬓厮磨的夫妻，也做过互相揣测算计的敌人，而一起没羞没臊地赚钱，也许是最适合彼此的一种位置。这个选择背后的答案，我们大概还要用很长的时光去寻找。

上班第一天，李想递给我一个小纸盒。"知道你喜欢这个。"

我打开，是刚印好的新名片，职位写着"总经理，夏涵"。

那像是小时候用印章盖在自己的书本上，标明了自己的领地。而我的新领地是那个围了一圈玻璃墙的独立办公室。

我可以坐在自己的椅子上，看着车水马龙的三环路上堵到地老天荒，也可以加班加到夜深人静，这不就是我曾经羡慕的生活？

许久以前，我以为玻璃房子里的顾若熙是幸福的，而我只不过是排着队到这都市的博物馆中参观的游客。可如今兜兜转转，还没找到导游，自己也走进了这座玻璃房子，却不知道墙外的人还会不会源源不断地观望着我。

我把名片捏在手里，走进了带着玻璃幕墙的办公室。

图书在版编目(CIP)数据

野心博物馆 / 残小雪著. -- 北京 : 新星出版社, 2019.1

ISBN 978-7-5133-3159-3

Ⅰ. ①野… Ⅱ. ①残… Ⅲ. ①长篇小说-中国-当代 Ⅳ. ①I247.5

中国版本图书馆CIP数据核字(2018)第160673号

野心博物馆

残小雪 著

责任编辑 汪 欣
特邀编辑 翟明明 刘恩凡
装帧设计 韩 笑
内文制作 王春雪
责任印制 史广宜

出　　版 新星出版社 www.newstarpress.com
出 版 人 马汝军
社　　址 北京市西城区车公庄大街丙3号楼 邮编 100044
　　　　 电话 (010)88310888 传真 (010)65270449
发　　行 新经典发行有限公司
　　　　 电话 (010)68423599 邮箱 editor@readinglife.com
印　　刷 北京富达印务有限公司
开　　本 850毫米×1168毫米 1/32
印　　张 8
字　　数 180千字
版　　次 2019年1月第1版
印　　次 2019年1月第1次印刷
书　　号 ISBN 978-7-5133-3159-3
定　　价 49.00元